かめんのこくはく

假面自白

[日] 三岛由纪夫 著　林燕燕 译

长江出版社

目录

假面自白 / 001

第一章 / 003

第二章 / 024

第三章 / 065

第四章 / 135

年表 / 159

假面自白

美——是一种可怕的东西！说它可怕是因为它难以捉摸。神总是给人们设下种种谜题，在美中，两岸交会，矛盾并存。我学问不多，但对于这个问题我有着深刻的认识。在这个世界上，无穷无尽的谜题使人们感到痛苦不堪。一旦解开这些谜题，一切自然水落石出。关于美，最令我无法接受的是，就连兼备美丽心灵和出色理性的人，也是怀着圣母玛利亚的理想出发，却最终以索多玛①的理想告终。不，令人恐惧的还远不止于此，心怀索多玛理想的人们也并不否认圣母玛利亚的理想，仿佛在纯真的青年时代，内心也曾燃烧着对于美好理想的憧憬

---

① 索多玛，《旧约·圣经》中所记载的淫乱之城，由于居民的淫乱和罪孽，与蛾摩拉一同被天火所灭。之后用作比喻道德败坏和淫乱，特别是教会严厉禁止的男色、少年性爱等反自然的性的有悖伦理的行为。

之情。人心宽广，只是过于宽广了，如果可能，我希望将其缩小些。可恶，真是不知所谓。用理性的眼光所看到的丑陋，在感性的眼光下却是极致的美。在索多玛是否也有美的存在呢？

……但人啊，总是想要诉说自己的痛苦。

——陀思妥耶夫斯基《卡拉马佐夫兄弟》[①]
第三卷第三章 热忱的忏悔——诗

[①] 陀思妥耶夫斯基（1821—1881），俄罗斯作家。与托尔斯泰并称为十九世纪俄罗斯现实主义双雄，虽因社会动荡时期的矛盾产生分歧，但陀思妥耶夫斯基敏锐地把握时代本质，再加上西伯利亚的流放和老毛病癫痫症加深了内省，在神秘的宗教精神和病态的心理分析这一表一里的两个方面，开辟了自己独特的天地，对之后的存在主义文学产生了极大影响。主要作品有《罪与罚》《白痴》《恶灵》等。《卡拉马佐夫兄弟》，是其晚年的代表作。关于卡拉马佐夫家的父亲与儿子们交织的爱欲与圣性的戏剧，通过犹如地狱画卷般的人间疾苦，描绘出俄罗斯社会整体的思想小说，构思奇异，心理分析深刻。

第一章

在很长一段时间里,我坚持声称见过自己出生时的情景。每当说起此事,大人们总会笑,以至于我感到自己被嘲弄,便用略带憎恶的目光盯着自己这张苍白得不像孩子的脸。偶尔在不太熟的客人面前提起此事,祖母便会厉声打断我,让我上一边玩去,生怕我被当成白痴。

那些笑话我的大人们,通常都会用些科学的解释想要说服我。比如,刚出生时婴儿的眼睛还没睁开啦,即便是眼睛睁开了也不会有清晰的意识而留下任何记忆啦,如此这般孩子能够理解的简单说法,用略带表演成分的口吻兴致勃勃地给我解释,这似乎成了他们的惯用手法。看到我仍满脸狐疑,他们便摇晃着我幼小的肩膀说,是这样没错吧。仿佛他们发现自己险些中了我的圈套,在心里琢磨,不能因为他还是孩子就掉以轻心,这小子给我设圈套呢,想问出"那事儿"。如果不是那样,他为什么不能像个孩子似的天真无邪地问:"我是在哪儿出生的?我是怎么生下来的?"——他们重新陷入了沉默,内心似乎莫名受到了重创,只是似笑非笑地看着我。

然而,那只是大人们多虑了,我并非想要打听"那事儿"。不仅如此,让大人们伤心也会让我感到害怕至极,又怎么会想到设下这样的圈套呢。

无论大人们怎么对我说教,或者他们只是笑着走开,我始终坚信见过自己出生时的场景。也许是因为听到当时在场的人的谈话而留下的记忆,又或是出于我的凭空想象,总之二者必有其一。在我的脑海中就只记得有一样东西我亲眼看到过,那就是我出生时给我洗澡所用的澡盆盆檐。那是个全新的木制澡盆,表面光滑。从内侧看,盆檐处闪着微微的光泽。整个澡盆就只有那部分的木质光泽耀眼。水缓缓流过,像是要用舌头舔舐盆檐却又触碰不到。顺着盆檐流下的水,大概是由于光线的反射,又或者是有光的照射,反射出柔和的光,泛着微光的小水波不停地相互碰撞。

——对于这个记忆,最有力的反驳就是,我并非出生在白天。我出生在晚上九点,不可能有阳光照射进来。那么就是电灯的光线咯,即便被如此嘲弄,我依然认为,即便是晚上,也未必没有阳光照射到澡盆的某一处。即使这有悖逻辑我也毫不在意。泛着光泽的盆檐,确确实实地作为在我出生洗澡时见过的东西,在我的记忆中挥之不去。

我出生于大地震①后的第三年。

---

① 大地震,大正十二年九月一日的关东大地震。

在那之前的十年，祖父在担任殖民地长官时[1]，由于贪污案替部下承担罪责而离职（我并非美化言辞，祖父那种对人的愚信程度，我半生中都未见过能与之相比）。我的家庭状况以一种哼着小调般轻松的速度，逐渐倾斜下滑。巨额负债、财产查封、房产变卖，加之随着困窘的加剧，仿佛暗流涌动般愈燃愈烈的病态的虚荣。——就在此环境下，我出生在一个民风不良的城镇，位于城镇一角的一座破旧的出租房里。这所老房子有装模作样唬人的铁门、前院以及与近郊的礼拜堂大小相仿的西式房间。从坡上看是二层建筑，从坡下看则是三层建筑。它颜色灰暗，外观错综复杂，样子盛气凌人。这所老房子里有好几间昏暗的房间，六个女佣、祖父、祖母、父亲、母亲，总共十个人就在这如破旧的衣柜般嘎吱作响的房子里起居生活。

祖父的事业心、祖母的疾患和浪费癖，是我们一家烦恼的根源。祖父被一些不三不四的溜须拍马之辈送来的图纸所诱惑，做起了黄金梦，时常远行游历。出身名门的祖母憎恨蔑视祖父。她内心清高孤傲、不屈不挠，有着疯狂的诗一般的灵魂。她的痼疾——脑神经痛，间接地、顽固地侵蚀着她的神经。同时，又在她的脑子里增加了无益的清醒。那持续至死的狂躁的发作，正是祖父在壮年时代的种种作为给她造成的，这又有谁知道呢？

父亲就在这个家里迎娶了我那柔弱美丽的母亲。

大正十四年[2]一月十四日早晨，母亲开始阵痛。晚上九点

---

[1] 作者的祖父平冈定太郎从明治四十一年到大正三年，担任桦太厅长官，因为当时所谓的"桦太疑狱"辞职，之后被判无罪。

[2] 大正十四年，即1925年。

钟,一个不足五斤重的小婴儿诞生了。初七夜①,家人给我穿上了法兰绒汗衫、奶白色的纺绸衬裤、碎白点花纹布和服。祖父当着全家人的面,把我的名字写在奉书纸②上,放于供桌上,置于壁龛中。

我的头发一直都是金色的,经常往头上涂橄榄油就逐渐变黑了。父母住在二楼。祖母以在二楼养育婴儿很危险为由,在我出生第四十九天时,从母亲手里把我夺走了。在那间始终房门紧闭,弥漫着呛鼻的疾病和老年人气味的祖母的房间里,在她的病榻旁并排摆放的床铺上,我就在这里被养育着。

在我将满一岁时,从第三级台阶上摔了下来,额头受了伤。那时祖母看戏去了,父亲的表兄妹们和母亲一起休闲玩耍。母亲忽然上二楼取东西,我追着母亲,被她拖地的和服下摆绊到,摔了下来。

祖母在歌舞伎剧场被叫了回来。祖母回来后站在大门口,右手挂着拐杖支撑着身体,两眼直直地盯着出来迎接的父亲,用异常冷静的口吻,字句清晰地问道:

"死了吗?"

"没有。"

祖母像神婆一样迈着坚定的步伐,向屋里走去……

——在我五岁那年元旦的早晨,我吐出了类似红色咖啡的东西。医生来看了之后说"情况不好说",然后给我注射了樟脑液③和葡萄糖。在两个小时的时间里,我的手腕和上臂完全摸不到脉搏。大家望着我的"尸体"。

---

① 初七夜,孩子出生的第七天晚上。
② 奉书纸,即和纸,用桑科植物纤维制造的一种高级日本白纸。
③ 樟脑液,注射后能使衰弱的血管运动神经兴奋,过去多用作重症患者的强心剂。

准备好了白寿衣和我生前喜爱的玩具,全家人都聚在一起。又过了大约一个小时,我尿出了小便。母亲的博士哥哥说:"有救了。"他说这是心脏机能恢复的征兆。过了一小会儿,又尿出了小便。慢慢地,模糊的生命迹象在我的脸上明朗起来。

那个病——自我中毒①(因自身体内的有毒代谢物引起的中毒),就成了我的痼疾。一个月一次,或轻或重总要光顾我,并多次让我面临危机。那正一步步向我靠近的疾病的脚步声,我的意识开始倾听并分辨,这究竟是濒临死亡的疾病,还是远离死亡的疾病。

我那最初的记忆,因那个不可思议的确切影像而令我烦恼的记忆,就是在这时产生的。

拉着我的手的不知是谁。是母亲或是护士,又好像是女佣或者伯母。季节也不分明。午后的阳光沉闷地照着坡上的每一户人家。我被一个不明身份的女人拉着手,爬坡向家里走去。坡上有人下来,女人便用力拽着我的手让开路,停在了一旁。

这个影像在我的脑海中反复出现,越来越清晰、集中。而且不可否认的是,它每一次出现都被赋予了新的意味。原因就是,在周围一片空旷的景象当中,只有那个"从坡上下来的人"的样子异常清晰。尽管这困扰了我半生,令我胆战心惊,但它却是我生命中最初的纪念影像。

从坡上下来的是一个年轻人。肩膀上一前一后挑着两个粪桶,一条脏毛巾缠在头上,气色好且双目有神,双腿分担着重量从坡上走下来。那是一个清厕工——淘粪尿的人。他穿着胶

---

① 自我中毒,常见于小儿的周期性呕吐症状。据说自律神经不稳定的孩子疲劳时会发作。

皮底布鞋和藏青色紧腿裤。五岁的我用奇异的目光注视着他的样子。意思不太明确,是某种力量的最初启示,某种阴沉怪异的声音在向我呼喊。它首先在清厕工的形象中显现出来是具有寓意的,因为粪尿是大地的象征。向我呼喊的东西,则是作为根的母亲的恶意的爱。

我预感到这个世上有某种火辣辣的欲望。我仰望着肮脏的年轻人的样子,"变成他那样"的渴望、"希望我就是他"的欲望紧紧地将我束缚。我清楚地记得那个欲望中有两个重点:一个重点是他的藏青色紧腿裤,另一个重点则是他的职业。藏青色的紧腿裤清晰地勾勒出他下半身的轮廓,它富有弹性地颤动着,似乎是在向我走来。我对那藏青色紧腿裤产生了一种难以形容的喜爱,连我自己也不明白个中缘由。

他的职业——跟其他一懂事就想成为陆军大将的孩子一样,此时的我内心也冒出了某种憧憬——"想成为清厕工"。其原因可以说在于那条藏青色的紧腿裤,但也绝非仅仅如此。这个问题在我的心中不断被加强,并以一种奇特的方式发展开来。

之所以这么说,是因为他的职业令我产生了某种对于深切的、烈焰焚身般的悲哀的憧憬。我从他的职业中强烈地感受到了一种官能上的"悲剧性的东西"。他的职业充满了"挺身而出"感、自暴自弃感、对于危险的亲近感,以及空虚与活力惊人的调和感。这些东西深深吸引着只有五岁的我,将我俘虏了。或许我对清厕工这个职业有所误解,或许我从人们那里听说了其他的某种职业,因他的服装而错认,把那个职业误认为是他的职业。若非如此,就无法解释了。

之所以这么说,是因为与此相同的情感不久就转移到了彩车驾驶员和地铁检票员身上。从他们身上我强烈感受到了我所不了解的，并且始终为我所排斥的"悲剧的生活"。尤其是地铁检票员，当时地铁站里弥漫着口香糖的薄荷气味，再加上他们蓝色制服胸前的金扣子，很容易让我联想到"悲剧性的东西"。不知为何，我总会联想到在那种气味中生活的人们是"悲剧性的"。在我的感官上既需要又排斥的某个场所，与我无关的生活、事件以及那些人，都是我对于"悲剧性的东西"的定义。我始终被它排斥的悲哀，由此转移到他们以及他们的生活中，我甚至还勉强地将自己的悲哀与它们联系起来。

若是如此，我所感受到的"悲剧性的东西"，也许只是我迅速预感到被它排斥所带来的悲哀的一种反映。

我还有一个最初的记忆。

我六岁的时候就会读书写字了。当时那本小人书我还不会读，所以应该还是五岁那年的记忆。

那时，在众多的小人书中，我唯独偏爱其中一本书中占据了两个版面的一张图画。一整个漫长而无所事事的下午，我能一直盯着那幅画看。当有人走过来，也许是担心被发现，我会赶紧翻到其他页。护士和女佣的看护让我很心烦。我非常想一整天都看着那幅画。一翻开那一页我的心就会怦怦跳，看到其他页时总是心不在焉的。

那幅画上画的是骑马挥剑的贞德[①]。那马的鼻孔大张，粗壮有力的前蹄扬起尘土。贞德身披银白色铠甲，铠甲上有美丽的花纹。他那俊俏的面庞正向前方，威风凛凛地拔剑挥向空

[①] 贞德（1412—1431），出生于法国东北部香槟地区农村的少女，法国在百年战争中惨败，相信自己受到了上主救国的启示，于1428年上书查理七世，击退英军夺回了奥尔良。之后被作为邪教徒处以火刑。

中，正与"死亡"等具有邪恶力量的对象对决。我相信在下一个瞬间他就要被杀死。急忙翻开下一页，也许就能看到他被杀害的画面。小人书的图画常常因为某种原因在不知不觉间就转移到"下一个瞬间"的场景……

可是，有时候护士会漫不经心地翻开那一页，对着在旁边躲闪偷看的我问：

"小少爷，这幅画的故事您知道吗？"

"不知道。"

"这个人像是男人对吧，但其实她是个女人。讲的就是这个人女扮男装奔赴战场为国尽忠的故事。"

"是女人啊！"

我的心情受到了沉重的打击。我一直深信那是个男人却居然是个女人。这个俊俏的骑士不是男人而是女人，这该如何是好。（到现在我对于女扮男装依然有着根深蒂固、难以形容的厌恶感。）我对于"他"的死抱着一种美好的幻想，这无异于是对这种幻想的残酷的报复。这是我的人生中首次遭遇到"来自现实的报复"。过了些年后，我在奥斯卡·王尔德[①]的这句诗中找到了赞美骑士之死的诗句。

　　骑士战死芦蕳中，
　　身虽死但美犹存……

自那以后，我就丢弃了那本小人书，不再看它。

[①] 奥斯卡·王尔德（1854—1900），英国作家，提倡"为了艺术而艺术"，十九世纪唯美主义的代表人物。作品有小说《道林·格雷的画像》、剧作《莎乐美》、童话《快乐王子》等。

于斯曼①在小说《那边》里写到,"即将形成向精致的残虐及微妙的罪恶发生转变的性质"的吉尔斯·德·莱斯②的神秘主义冲动,在他亲眼看见了奉查理七世③之命为其担任护卫的贞德的种种令人难以置信的事迹后,得到了激发。虽说是反面的机缘(也就是厌恶的机缘),但对于我来说,这位奥尔良少女也起到了作用。

——还有一个记忆。

汗水的气味。汗味儿驱使着我,勾起了我的向往,支配着我的想法……

侧耳倾听,就能听到浑浊而细微的,又有点儿吓人的嘎吱声。有时,还会传来混杂着喇叭声的纯粹而莫名哀切的歌声。我拉着女佣的手,催促着她快一点,她将我抱起,我着急地想要到大门口去。

那是操练归来的军队经过我家门前。我很高兴从喜欢小孩子的士兵那里得到子弹壳。祖母说那很危险,禁止我要,因此这份乐趣中又增添了几分神秘的喜悦。笨重的军靴踏出的响声,脏兮兮的军装,还有他们扛在肩上的数不清的枪支,这些都足以令每

---

① 于斯曼(1848—1907),法国小说家,美术评论家。最初属于左拉一派,创作自然主义小说,但他并不满足于此。在奇作《逆天》中寻求感觉上的人工极地,在《在那儿》中,恶魔礼赞、诅咒、炼金术等,穷极中世纪神秘学。随后转为信仰基督教,追求中世纪基督教的音乐、艺术、仪式、神秘,称之为心灵的自然主义。
② 吉尔斯·德·莱斯(1404—1440),拉瓦尔男爵。青年时期,效忠于疲于战祸的查理七世,协助贞德转战各地,立下赫赫战功。之后沉湎于神秘思想、恶魔礼拜、炼金术等,杀害了大量儿童,并最终被处以极刑。佩罗的童话《蓝胡子》就是由此获得了灵感。
③ 查理七世(1403—1461),法国国王,1422年即位。百年战争后期,在贞德的奋战之下,收回了在英军统治下的除加莱之外的全国国土。但由于性格优柔寡断,没能阻止对贞德的处刑。

一个孩子着迷。但是吸引我的,从他们那里得到子弹壳的那份喜悦中所隐藏的动机,却仅仅只是他们身上的汗味儿。

士兵们身上的汗味儿,犹如潮湿的海风、鎏金的海岸边空气中弥漫的气味一般,刺激着我的鼻孔,令我沉醉其中。这也许是我最初的关于气味的记忆。那气味当然没有直接与性的快感联系起来,却使我内心中对于士兵们的命运、他们职业的悲剧性、他们的死、他们应该看到的遥远的国度,这种种官能上的欲求慢慢地、彻底地觉醒。

……我人生中最初遭遇的这些奇异的幻影,它们一开始就通过乔装打扮以完整的形态出现在我的面前,完整无缺。甚至是多年后我再从这里寻找自我意识和行动的根源时,它们依然是完好无损的。

我从幼年时期开始对人生所持的观念,始终没有偏离奥古斯丁[①]的预定论。曾经多次,我都为一些无益的困惑而苦恼,这次也同样令我感到苦恼。若将这种苦恼当成一种堕落的诱惑,我的注定论[②]就不会动摇。我人生中不安的总计,即所谓菜单,在我还不能将它读懂时就已经送到我面前,我只需要戴上餐巾坐在餐桌前就好。就连现在我写这种离奇古怪的书,也早已写在菜单上了,我自然是在最初就看到了。

[①] 奥古斯丁(354—430),出生于罗马帝国统治下的北非努米底亚王国,是一名摩尼教徒,同时也是基督教早期神学家,教会博士,以及新柏拉图主义哲学家。其思想影响了西方基督教教会和西方哲学的发展,并间接影响了整个西方基督教会。主要作品包括《上帝之城》《基督教要旨》和《忏悔录》。

[②] 注定论,以自然的诸现象、历史事件,尤其是人的意志为原因,被全面限定的想法立场。

幼年时期是时间和空间发生纠纷矛盾的舞台。火山爆发、叛军暴乱等大人们给我讲的各国新闻，在我眼前祖母的发作和家里各种琐碎的争吵，以及童话世界中幻想的事件，我总将这三类事情等价值、同系列地看待。在我看来，这个世界不存在比积木的结构更复杂烦琐的事情。我从没想到，在不久之后我不得不走进的所谓"社会"，比童话故事中的"世界"更加光怪陆离、超乎想象。一个限定在无意之中出现了，而且所有的幻想从一开始与之相抗衡时，就透露出一种难以想象的彻底的、与它自身那种热切的愿望相似的绝望。

晚上，我躺在床上，看到了包围着我的黑暗之外，浮现出灯光璀璨的城市。它寂静地洋溢着光辉与神秘，每一个去到那里的人脸上都会被印上一个秘密的印记。深夜归家的大人们，言谈举止中带有一种类似于暗语、共济会[①]会员意味的东西。在他们脸上还有一种耀眼的、不敢被人直视的疲劳，就好像圣诞面具，用手触碰，指尖会留下银粉。如果用手摸他们的脸，就能发现夜晚的城市给他们涂上的颜料色彩。

不久之后，"夜晚"就在我眼前揭开了帷幕。那是松旭斋天胜[②]表演的舞台。（那是她少有的几次在新宿的剧场演出，在同一个剧场内几年之后，邓迪也进行了表演，舞台比天胜的大好几倍。但无论是邓迪，还是在世博会上表演的哈肯贝克马戏团[③]，都不及当初天胜给我带来的惊奇。）

[①] 共济会，起源于中世纪的石匠行会。1723年（也有说法是1717年）在伦敦成立，扩展至整个欧洲。诞生于十八世纪的启蒙主义精神，超越人种、阶级、国家，奉行和平人道主义的国际秘密组织。会员中包括大量各国王侯、政界学术方面知名人士。
[②] 松旭斋天胜（1886—1944），日本明治后期到昭和初期著名女性魔术师。
[③] 哈肯贝克马戏团，德国的大型动物表演团。昭和八年三月首次来日，在东京芝区的世界妇女儿童博览会上演出。

她那丰腴的身体包裹着像是启示录①中大淫妇②的衣裳，在舞台上悠然自得地走来走去。那种变戏法的人特有的如亡命贵族般装模作样的傲慢、阴郁的魅力，以及女英雄般的举止，散发着廉价货气息的赝品服装，浪花小调③女艺人般的浓艳妆容，连脚趾头都涂上了白粉，手上戴着用人工宝石堆积的珠光宝气的手镯，这些东西奇妙地结合在一起，显示出一种忧郁的协调感。在不协调的阴影之下，肌理细腻的皮肤反倒带来了独特的和谐感。

我虽朦朦胧胧，但还是清楚"想成为天胜"的愿望与"想成为彩车驾驶员"的愿望之间有着本质的区别。其中最显著的不同就是，前者可以说完全缺少那种对于"悲剧性东西"的渴望。想要成为天胜的愿望，我没有体会到向往与愧疚之间那种令人焦躁的混淆。尽管如此，我还是难忍内心的悸动，有一天偷偷跑到母亲的房间，打开了她的衣柜。

母亲的和服中最为华丽、让人眼花缭乱的和服被我拽了出来。我把用油彩绘着红蔷薇的腰带，像土耳其大官一样一圈圈缠在腰上，再用绉绸的包袱布包住头。往镜子前一站，这个即兴搭配的头巾造型，不禁让我想到了出现在"宝岛"④上的海盗的头巾，这使我一阵狂喜乃至脸上发烫。但是我的任务还远远没有完成，我的一举一动，甚至包括手指、脚趾都必须带着一种神秘感。我把小镜子插于腰带间，往脸上涂上薄薄的一层

---

① 启示录，《新约·圣经》卷末的一节。抚慰在小亚细亚遭到迫害的基督教徒，告知基督的归来和神之国的到来，以及地上王国的灭亡。

② 大淫妇，《启示录》第十七章第四节写道："女人穿着紫色和深红色，戴着黄金、宝石、珍珠……"

③ 浪花小调，日本的一种大众曲艺，三弦琴伴奏，边说边唱。

④ 宝岛，出自英国作家罗伯特·路易斯·史蒂文森的冒险小说《金银岛》，1883年发表，是关于凭借一张地图，与一伙海盗进行斗争，在宝岛上探险的少年吉姆的故事。

粉,还带上了长形的银色手电筒、老式雕金钢笔,总之,带上了所有明晃耀眼的东西。

接下来,我一本正经地走进祖母的房间,按捺不住极度的滑稽和兴奋,一边念念有词,"我是天胜,我是天胜",一边在房间里转着圈跑。

房间里有躺在病床上的祖母、母亲、来客以及在病房中伺候的女佣,可在我眼里谁都看不到。我的狂热情绪完全集中于我所扮演的天胜被众人欣赏的意识当中,也就是我只看到我自己。但偶然间我看到了母亲的脸,她的脸色发白,呆呆地坐着。当与我目光相遇时,她迅速垂下了眼睛。

我明白了。眼泪夺眶而出。

此时,我明白了什么,或者说我不得已明白了什么呢?"悔恨先于罪恶"这一今后岁月中的主题,在此时就有所暗示了吗?又或是我从中受到了教训,即在爱的注视下孤独是何等难堪。同时,我似乎也从其反面学到了拒绝爱的方式。

——女佣制止了我,并把我带到了其他房间。我就像被拔了毛的鸡一样,一眨眼的工夫,那身不成体统的装扮就全被扒了下来。

我的装扮欲从开始看电影时显现出来,一直到十岁左右之前都非常明显。

有一次,我和陪读的学生一起去看一部叫《魔鬼兄弟》[①]的音乐电影。扮演狄阿波罗的演员所穿的袖口上翩翩飘动着长

[①] 魔鬼兄弟,原作以十九世纪意大利泰拉奇纳附近的小村庄为舞台,围绕盗匪首领弗拉·狄阿波罗的男女恋爱纠葛进行描写。由斯克利伯编剧,欧贝尔作曲的歌剧喜剧。

蕾丝的宫廷服,令我念念不忘。我说我多想穿那衣服、戴上那假发时,陪读的学生发出轻蔑的笑声。尽管如此,我却知道他经常在女佣的房间里扮演八重垣姬①,给女佣们逗乐。

继天胜之后,令我着迷的是埃及艳后。那是一个临近年末的下雪天,与我亲近的医生在我的百般央求下,带着我去看了电影。由于是年底,观众很少。医生把脚搭在扶手上睡着了。我用惊奇的目光注视着由众多奴隶抬着,坐在古怪的渡河工具上,向罗马进发的埃及女王。注视着她那涂满眼影的眼睑下阴郁的目光,她身上超自然的衣裳,以及她那波斯绒毯中显露出来的琥珀色的半裸身体。

这一次,我背着祖母和父母(抱着充满罪恶感的喜悦),给弟弟妹妹们扮演埃及艳后,并沉溺其中难以自拔。我从这些女性装扮中期待得到些什么呢?后来,我从罗马衰落期的皇帝、那个古罗马神话的破坏者、那个颓废派的禽兽帝王——黑利阿迦巴鲁斯②身上看到了与我相同的期待。

到此,我就说完了我的两个前提,需要将它们重温一下。第一个前提是淘粪工人、奥尔良少女和士兵的汗味儿,第二个前提是松旭斋天胜和埃及艳后。

还有一个必须要说的前提。

我读过所有小孩子能读到的童话故事,但我不喜欢公主,

---

① 八重垣姬,出自近松半二作的歌舞伎义太夫狂言《本朝廿四孝》,很具代表性的歌舞伎女形角色。
② 黑利阿迦巴鲁斯(204—222),罗马皇帝。生于叙利亚霍姆斯,十四岁在军队的拥护下即位。供奉马可·奥勒留神为罗马帝国最高的神,祭祀活动盛行。因极尽疯狂和放荡,被禁卫兵杀死。

只喜欢王子，尤其是那些被杀害的王子、面临死亡命运的王子。那些被杀害的年轻人我都爱。

我不知道究竟为什么，在众多安徒生童话故事中，只有"玫瑰花精"中，在亲吻恋人作为纪念送来的玫瑰时，被恶魔用刀刺死并割下头颅的美少年，只有他们在我心里留下深刻的印象。在王尔德的众多童话故事中，只有《渔夫和他的灵魂》中，被海水冲到岸边的紧紧抱着美人鱼的年轻渔夫的尸骸令我倾心。

当然，我也喜欢其他的一些孩子气的东西。我喜欢安徒生童话中的《夜莺》，我还喜欢很多漫画书。但是，我的心却无法阻挡地向死亡、黑夜、鲜血靠拢。

"被杀王子"的幻影无休止地纠缠着我。王子们穿着紧身裤裸露上身的装扮，与他们残酷的死结合在一起展开幻想，让我感到何等的快活。这有谁能替我说清楚呢？其中有一本匈牙利童话，那彩色写实的插图，长久地俘获了我的心。

插图中的王子身穿黑色紧身裤、胸前部分施以金线刺绣的玫瑰色上衣，披着翻出红色内里的深蓝色披风，腰间系着绿色和金色相间的腰带。金绿色头盔、鲜红色大刀、绿色皮革制箭筒是他的武装。他戴着白色皮革手套的左手拿着弓，右手扶在一棵大树的树枝上，表情凝重，目光凛凛地看着将要扑向他的巨龙的血盆大口。他的脸上写着死的决心。如果这个王子担负着成功将龙打败的胜利者的命运，那么他对我并没有太大诱惑。可幸运的是，王子面临的是死亡的命运。

但遗憾的是，这种死亡的命运并非万无一失。王子为了救出妹妹并与美丽的妖精女王结婚，经受了七次死亡的考验。凭借他口中所含钻石的魔力，七次都死而复生，最终享受到了成功的幸福。前边提到的图画是他的第一次死亡——被巨龙咬

017

死——前一瞬间的场景。那之后，他先后"被巨型蜘蛛抓住，体内被注入毒液，并被大口吞噬"，溺水而死，被火烧死，被蜂蜇蛇咬，被扔进无数刀尖林立的洞穴，还被如"大雨倾盆般"掉下的巨石砸死。

"被巨龙咬死"这一部分被描写得尤为详细，它这样写道：

"巨龙紧接着刺啦刺啦地将王子咬碎。就在他被撕咬成小块的过程中，尽管痛不欲生，但他极力忍受着。就在他被完全撕成碎块时，突然间恢复了原来的样子，并敏捷地从巨龙的口中跳出，身上一点擦伤的痕迹都没有。巨龙当场倒地而死。"

我将这段话读了足有百遍。我认为这里有一处不容忽视的败笔，那就是"身上一点擦伤的痕迹都没有"这句。每当读到这句话我都有一种被作者背叛的感觉，认为作者犯了重大的错误。

之后，我无意中搞了一个发明。就是每当读到这里时，我用手盖住从"突然间"到"巨龙"的部分。这样，这本书就变成了一个我认为理想的状态。我就是这么来读的：

"巨龙紧接着刺啦刺啦地将王子咬碎。就在他被撕咬成小块的过程中，尽管痛不欲生，但他极力忍受着。就在他被完全撕成碎块时，当场倒地而死。"

——采用这种剪裁的方法，大人们也许会觉得不合道理吧？但是我这个年幼、傲慢、容易沉溺于自我喜好的审阅官，虽然明白"就在他被完全撕成碎块时"与"当场倒地而死"这两句话之间存在着明显矛盾，却依然难以舍弃当中的任何一句。

另外，我也热衷于幻想自己战死或者被杀时的状态。尽管如此，我却比常人更加恐惧死亡。一天早晨，我把一个女佣捉弄哭了，但那个女佣却像没事一样，依然笑脸相迎为我准备早餐。我从她的笑脸中读出了各种意味。那并非只是发自胜券在握的恶魔般的笑容，或许她企图将我毒死，以对我进行报复。我的心由于恐惧而波澜起伏。她一定是将毒下了在汤菜里了。出于这种想法，那天早晨我坚决不吃汤菜。而且在吃完早饭之后，我站在座位上摆出架势，盯着那个女佣，好几次都差点要说出："你看到了吗？"那女佣在餐桌对面，仿佛因要将我毒死的企图失败而失魂落魄，沮丧地看着那剩下的一大碗变凉了、上面还漂浮着些许灰尘的味噌汤。

祖母出于关心爱护体弱多病的我，同时又考虑到不让我学坏，禁止我和邻居的男孩子们玩。我的玩伴除了女佣和护士之外，还有祖母从邻居的女孩儿们当中挑选出来的三个女孩儿。些许的吵闹声、用力的开关门声、玩具喇叭、相扑，所有大的响声都会引起祖母的右膝盖神经痛。因此，我们的游戏必须是比女孩儿们通常玩的还要安静。我倒是更喜欢一个人读书、搭积木、天马行空的幻想、画画儿。后来妹妹和弟弟出生后，在父亲的照料下（不像我那样交由祖母抚养），他们天真无邪地自由成长。但我对他们的自由和不守规矩反而一点也不羡慕。

但是，去表妹家玩的时候情况就不一样了，就连我也被当作一个"男孩子"来要求。有一个表妹——就叫她杉子吧。我七岁那年的初春，就在我即将上小学的时候去了她家，发生了一件值得纪念的事情。由于大伯母他们连声夸赞我"长大了，长大了"，领着我去的祖母对我的饭菜给予了特别例外的许可。我之前也讲过，由于害怕我的自我中毒频繁发作，在此之前，都禁止我吃"青身鱼"。以前，我所知道的鱼就只有比目鱼、鲽鱼和鲷鱼等白身鱼。马铃薯也只知道捣碎了过了筛的。点心不能吃带馅儿的，只能吃小饼干、威化饼和干性点心。水果我只吃过切成薄片的苹果和少量的橘子。我满心欢喜地吃掉了第一次吃到的青身鱼——鲫鱼，那美味意味着我获得的第一份作为大人的资格。每次想到这个总会感受到一种令人不悦的不安——"成为大人的不安"的分量，让我品尝到微微的苦涩。

杉子是个健康、生命力蓬勃的孩子。我留宿在她家，睡在一个房间里并排摆放的床铺上，看到头一落到枕头上就如机器般轻松入睡的杉子，难以入睡的我有点嫉妒而又赞赏地注视着她。在她家里时比在我自己的家里要自由许多倍。因为可能会把我夺走的假想敌——我的父母不在这里，祖母可以放心地任由我自由自在。没有必要像在家里那样，随时将我控制于她的视线范围之内。

然而，即使在这种情况下，我仍无法享受到那种自由。我像大病初愈刚下地走路的病人那样，感到了一种被强加了无形义务的拘束感，反而留恋起慵懒的床铺。而且在这里，我总是不知不觉地被要求做个"男孩子"。我开始了不称心的表演。从这时起，我开始朦朦胧胧地明白了，在人们眼中我的表演，对于我来说是要求回归本质的表现。人们眼中看到自然的我，那才是我的表演。

我并非出自本意的表演，是想要说"玩打仗的游戏吧"。杉子和另一个表妹，两个女孩作为我的对手，并不符合打仗游戏规则，而且亚马逊女杰们并不太感兴趣。我提出玩打仗游戏，也并非想要讨好她们，而是出于相反的缘由，即多少想让她们感到为难。

黄昏时分，在屋里屋外我们仍然继续着蹩脚的打仗游戏，尽管我们都觉得这很无聊。树丛中传来杉子用嘴巴模仿的"哒哒哒"的机关枪射击声。我想到此应该结束了，于是就往家里跑，看到连声呼喊着"哒哒哒"追过来的女兵，我捂住胸口倒在客厅中央。

"你怎么了，小公子？"

女兵们表情严肃地聚拢过来。我眼也没睁手也没动地答道："我战死了。"

我想象着自己扭曲着身体倒地的样子，感到非常高兴。我对自己被击中死去的状态，感到了一种说不出的快活。我想，即使真的被子弹击中，我应该也不会感到疼痛吧……

幼年时期……

我遇见了一个象征性的情景。现在看来，那情景就是我的幼年时期。当我看到它时，我感到我的幼年时期正要与我分手告别。我预感到内在的时间统统从内部升腾而起，被挡在了这幅画前，准确地模仿画中人物的动作和声音。在模仿完成的同时，原画的情景融入了时间当中，给我留下的仅有这个摹本——我幼年时期的完整复制品。任何人的幼年时期都一定会有一件这样的事情。只不过这件事往往算不上是一个事件，而是以微弱的形式出现，在我们没有察觉的时候就过去了。

——那情景是这样的。

有一次，举行夏季祭典活动的一群人蜂拥而至我们家。

祖母因为自己腿脚不好，也为了她的孙子我，说服工匠师傅让镇上的祭典活动队伍从我家门前经过。本来，我家并不在祭典活动队伍的行进路线中，但在工头的安排下，虽然多少有些绕路，每年祭典活动队伍都会从我家门前经过，这已经成了惯例。

我和家里的人站在门口。苜蓿草图案的铁门左右敞开着，门前的石板路用水冲刷得很干净。太鼓的声音沉闷不清地传来。

渐渐地，拉彩车的小调歌词越来越清晰，穿越嘈杂的吵闹声，这个虚张声势的声响向人们宣告着祭典活动的主题，即人类与永恒极为庸俗的交媾，似乎在诉说着只能由虔诚的乱伦而产生的交媾的悲哀。交织在一起难以分辨的各种声音的混合体，在不知不觉中已能分辨出先锋锡杖的金属声、太鼓沉闷的轰鸣声、神舆①轿夫混杂的口号声。我的内心（从那时起，热切的期待与其说是一种喜悦，不如说是一种痛苦）怦怦直跳，几乎到了呼吸困难无法站立的程度。手持锡杖的神官面戴狐狸面具。这种神秘兽类的金色眼睛勾魂似的盯着我看，当它走过时，我不知不觉间拽住了身旁家人的衣服下摆，摆出架势伺机从眼前的队伍给予我的近似于恐惧的欢乐中逃跑。我面对人生的态度从此时起就是这样的。最终只能从过久等待的东西，事前被幻想过分修饰的东西面前逃离。

不久之后，担工们抬着系着稻草绳的香钱箱走过，孩子们的神舆轻快地蹦跳着过去了，一顶黑色与金色的大神舆走过来了。从很远的地方就看到轿顶上的金凤凰像波涛中的鸟儿一样，随着呼喊声耀眼夺目地晃动着，给人一种华丽的不安。只有在神舆的周围凝聚着热带空气般的无风状态，那是一种恶意的懒惰在年轻人裸露的肩膀上热烈地晃动着。红白相间的粗绳，涂着黑边的金色栏杆，那紧闭着的绘着金漆的轿门里，是一个四尺见方的黑暗空间。在万里无云的初夏的光天化日之下，这个不停上下左右摇曳跳跃的四方形空洞的黑夜，竟公然降临了。

神舆来到了我们的面前。穿着浴衣、裸露着肌肤的年轻人

---

① 神舆，供有神牌位的轿子。

们，像是神舆自己喝醉了似的东摇西晃地向前行进。他们步履蹒跚，就好像他们没有看到地上的东西。拿着一把大团扇的年轻人，高声叫喊着在人群周围来回跑动，鼓动着他们。神舆摇摇晃晃地向一边倾斜，紧接着又在一阵狂热的叫喊声中被重新抬正。

此时，我家的大人从跟之前一样行进的人群中，似乎察觉到有某种力量驱使的意志，突然，被我拉着衣服下摆的大人猛地把我往后拽。有人喊道："危险！"之后就不知道是怎么回事了。我被拉着往前院里跑，并从正门冲进了家里。

我不知道和谁跑到了二楼，来到露台上屏气凝神看着此时前院里蜂拥而入的抬着黑色神舆的一群人。

直到后来我还在想，究竟是什么力量驱使他们如此冲动。我还是想不明白，那数十个年轻人像是策划好了似的闯进我的家门。

院子里的草木被随意踩踏。那是真正的祭典活动。我早已生厌的前院完全变成了另一个模样。神舆被抬着四处跑，灌木被嘎吱嘎吱地踩断。我甚至都不清楚到底发生了什么。声音被中和了，仿佛凝固了的沉默与毫无意义的嘈杂声混合而至。颜色也是如此，金色、红色、紫色、绿色、黄色、蓝色和白色在跳跃欢腾。时而是金色，时而是红色，仿佛成了支配整体的色调。

然而，唯一明艳动人的，令我惊讶、苦闷，使我的心不知缘由地充满苦楚的，是那些神舆轿夫脸上放荡的、明显的陶醉神情……

第二章

有一年多的时间，我因为有了一个怪模怪样的玩具而烦恼着。那时我十三岁。

那个玩具一有机会体积就会增大，根据玩法能看出它是一个非常有意思的玩具。然而，因为到处都没有写着玩法，当玩具开始想要跟我玩的时候，我感到不知所措。有时候，这种屈辱和焦躁越来越强烈，以至于使我想要伤害它。但结果，我得知了一个令我喜出望外的秘密，于是只能对这个满脸桀骜不驯的玩具屈服，无可奈何地看着它那任意妄为的样子。

于是，我更虚心地倾听玩具的心声。这样一来，我发现这个玩具具备固定、确切的嗜好，即所谓秩序。嗜好的系列掺杂着童年时的记忆，其中就有夏天的大海里看到的裸体青年，神宫外苑的游泳池里看到的游泳选手，那个和表姐结婚的皮肤略黑的青年，众多冒险小说中勇敢的主人公，一个一个地串联起来。在此之前，我把这些系列和其他的诗一般的系列弄混了。

玩具也向死、鲜血以及僵硬的肉体抬起了头。偷偷从陪读的学生那里借来的故事杂志封面上，血肉横飞的决斗场面；切腹自尽的年轻武士的画面；中弹的士兵咬着牙抓着胸口处的军服，鲜血从手中流出的画面；不太肥胖、肌肉结实的小结[①]等级相扑力士的照片……一看到这些东西，玩具就会立即好奇地抬起头。如果说"好奇地"这个形容词欠妥当，那么也可以换成"爱欲地""渴望地"。

当我明白我的快感来自这些事物时，慢慢地我开始有意识、有计划地行动起来，会进行选择和整理。如果我觉得故事杂志的封面构图不够完整，就会用彩色铅笔进行临摹，并以此为基础进行修改直到我满意。其中包括胸口中枪跪倒在地的马戏团青年，从高处坠落摔破头、鲜血覆盖了半张脸的走钢丝艺人。我上学时，因为害怕放在家里书柜抽屉里的这些残虐的图画被发现，连课都没法好好听。由于我的玩具对那些图画的喜爱，使我终究不能将那些画画完之后就立即撕毁扔掉。

就这样，我那桀骜不驯的玩具只是虚度光阴，别说它的第一个目的，就连第二个目的——所谓为了"恶习"的目的也没有完成。

我周围的各种环境都发生了变化。我们一家离开了我出生的那座房子，分别搬进了镇上两座间隔不到六十米的房子里。一处是祖父母和我住，另一处是我的父母和弟弟妹妹们住，形

[①] 小结，相扑的等级之一。

成了各自的家庭。这期间，父亲由于公务外出，游历欧洲诸国归来后不久，父母他们一家独自搬走了。父亲以此为契机，抱着迟来的决心来到祖父母家，要把我带回他自己的家中。经过了被父亲称作"新派悲剧"的我与祖母离别的一幕之后，我也搬进了父亲的新住处。父母的新家与原来的祖父母家之间，间隔了数个国营电车和市营电车的车站。祖母日夜抱着我的照片哭泣，我如果破坏了每周到祖父母家住一天的约定，祖母就会立即发作。十三岁的我有了一个六十岁的深情的恋人。

这期间，父亲把我们全家留下，独自到大阪赴任去了。

有一天，因为有点感冒就没让我去上学。这反倒好，我拿了几本父亲从国外带回来的画册到房间里专心地读了起来。其中，意大利各城市美术馆的指南手册上的希腊雕刻的照片尤为吸引我。众多名画所描绘的裸体画像的黑白照片版更符合我的喜好。那也许只是出于看起来更真实这一单纯的理由。

手上拿的这些画册我都是第一次看到。吝啬的父亲担心孩子们的手碰到会弄脏画册，把画册藏在了壁橱的内部深处。（其中有一半原因是害怕我看到后会被名画中的裸女迷住，但是他猜错了！）那是因为我对这些图画并未抱着对故事杂志封面图画那样的幻想——我向左翻开最后几页中的一页，在一个角落里出现了一个似乎一直在守候着我的画像。

那是热那亚①红宫②所收藏的圭多·雷尼③的"圣塞巴斯

---

① 热那亚，位于意大利西北部，是地中海最古老的商业港口之一。
② 红宫，17世纪建成的布里尼奥莱-萨勒家的红色宅邸。后作为绘画馆，陈列着凡·戴克和博尔多内等人的肖像画、版画、素描、陶器等。
③ 圭多·雷尼（1575-1642），意大利画家，活跃于博洛尼亚，穹顶画和壁画都显示出了优美的古典主义倾向。之后，精炼的奇思怪想和戏剧性有所增强，确立了近代信仰画像的固定形式。

蒂安"①。

以提香②风格的阴郁森林和黄昏的天空构成的昏暗的远景为背景，略微倾斜的黑色树干是他的刑架。十分俊美的青年裸露着身体，被绑在树干上。手臂高抬、双手交叉，捆绑着手腕的绳索拴在树干上，没有看到绳结。遮挡着青年裸露的身躯的，只有松松垮垮地缠在青年腰上的白色粗布。

我看得出来那是一张殉教图。但是，文艺复兴晚期唯美折衷派画家所画的圣塞巴斯蒂安殉教图，却有一股浓烈的异教气息。之所以这么说，那是因为在他那能与安提诺斯③相媲美的肉体上，看不到其他圣者身上那种传教的艰辛与老朽的痕迹，看到的只有青春、光彩、美与安逸。

那无比白皙的裸体，在薄暮的背景前熠熠生辉。担任禁卫兵习惯了拉弓舞剑的强壮臂膀，被抬到不过分的角度，被交叉捆绑着的双手正好位于他头发的上方。脸微微向上仰，深邃而平静的眼睛凝视着天空的光辉。挺起的胸膛、收紧的腹部、稍稍扭转的腰部上显示出的不是痛苦，而是摇曳着某种音乐般的忧郁的安逸。如果没有左边腋窝处和右边腹部旁侧深深射入的箭，他看起来就像一位在薄暮中正倚靠着庭园的树休憩的罗马

---

① 圣塞巴斯蒂安，3世纪末罗马传说中的基督教殉教徒。据《圣人传》所说，他英武勇敢，受到戴里克先皇帝喜爱，当上了禁卫军统领。作为基督教徒，他暗中帮助教徒的行为被发现，被绑在桩子上乱箭射死殉教。然而，他奇迹般地复活了，他向皇帝诉说基督教福音，再次被打死。这个殉教图成为普世大公教会的祭坛画，成为众多信徒礼拜的对象。
② 提香·韦切利奥（1490—1576），被称为"群星中的太阳"，是意大利最有才能的画家之一，兼工肖像、风景及神话、宗教主题绘画。他对色彩的运用不仅影响了文艺复兴时代的意大利画家，更对西方艺术产生了深远的影响。
③ 安提诺斯，罗马皇帝哈德良的贴身男宠，是同性恋崇拜的偶像。因为他是在尼罗河中淹死，于是皇帝在那个地方建造了安提诺斯城，并献出了众多雕像。

竞技者。

箭扎入了他紧绷的、芬芳的、青春的肉体里，极度的痛苦和欢愉的火焰，从内部燃烧他的肉体。但并没有描绘出流血，也不像其他的圣塞巴斯蒂安图那样，画着无数的箭。仅仅只是两根箭，那静谧而美丽的影子，落在了他那大理石般的肌肤上，犹如投在石阶上的树枝的影子。

以上的判断和观察均是后来的事情。

在看到那幅画的瞬间，我整个人都被某种异教式的狂喜所震撼。我的血液在沸腾，我的器官充满着愤怒。这个巨大的、即将胀裂的我的这一部分，前所未有地激烈地等待着我的驱使，它谴责我的无知，愤怒地喘息着。我的手在不知不觉中采取了不可告人的行动。我感到我的体内有一种阴暗而又耀眼的东西迅速奔涌而上，紧接着伴随着头晕目眩的醉态迸发出来……

——过了一会儿，我凄惨地环顾着我面前的桌子周围。窗外的枫叶鲜明地投影在我的墨水瓶、教科书、字典、画册的照片以及笔记本上。白色的飞沫散落在那本教科书烫金的题字、墨水瓶的瓶肩和字典的一角上。其中有一些正浑浊不清、无精打采地往下滴落，像死鱼的眼睛一样散发着昏暗的光……幸好，我用手迅速挡住，画册才没有被弄脏。

这是我的第一次射精，第一次笨拙的、突发的"恶习"。

（赫希菲尔德[①]提出性倒错者[②]特别喜好的绘画雕刻类第一位就是"圣塞巴斯蒂安绘画"，这于我而言是个有趣的偶然。

[①] 马格努斯·赫希菲尔德（1868—1935），德国的性科学者。柏林的性科学研究所所长。研究性功能障碍，特别是同性恋，主张对此进行法律正当化。
[②] 性倒错者，由于本能和感情的异常，性对象和满足性欲的方式异于常态。

性倒错者，特别是先天的性倒错者，性欲倒错的冲动和虐待狂的冲动，在绝大多数情况下是错综复杂难以分清的，以此进行推测就不难理解了。）

据说，圣塞巴斯蒂安出生于三世纪中叶，曾当上罗马军队的禁卫军统领，三十多岁的短暂生涯最后以殉教告终。他死去的公元二八八年是戴里克先皇帝[①]执政时期。这位平民皇帝因其独特的温和主义受到爱戴。然而副帝马克西米安[②]反对基督教，处死了因遵循基督教和平主义而逃避兵役的非洲青年马克西米利安纳斯。对百人队长马塞拉斯判处的死刑也是同样出于对宗教的维护。在这样的历史背景之下，圣塞巴斯蒂安的殉教就能够理解了。

禁卫军统领塞巴斯蒂安秘密信奉基督教，他安慰狱中的基督教徒，促使市长及其他人改变宗教信仰的行为暴露后，戴里克先宣布将他处死。塞巴斯蒂安的身体被乱箭射穿，被弃置于荒野。一位虔诚的寡妇赶来将他埋葬时，发现他的身体还有温度，在对他进行细致的护理之后，塞巴斯蒂安苏醒了过来。但是，很快他又顶撞皇帝，说出了亵渎他们神灵的话，这次被乱棍打死。

这个传说中死而复生的主题，只能说是"奇迹"的请求。是怎样的肉体才能在那无数的箭伤之下复活呢！

我官能上的狂喜究竟是何种性质的东西，为了能得到更

[①] 戴里克先（243?—313），罗马皇帝。其出身卑微，努力成为努梅里安皇帝的禁卫军统领，努梅里安皇帝遭到暗杀之后，他得到军队拥护登上皇位。重新制定了帝国的统治体制，强化了皇帝权力，确立了皇位继承法。同时，对基督教实施了最大的迫害。

[②] 马库斯·奥勒留·瓦勒里乌斯·马克西米安努斯·赫库里乌斯（约250—约310），通称马克西米安（Maximian），285年任罗马帝国副帝，286年被戴克里先任命为同朝皇帝，统治帝国西部，305年5月1日与戴克里先一同退位，由其副手君士坦提乌斯一世接任。

深的理解，我将多年之后创作的至今未完成的散文诗列在下面。

圣塞巴斯蒂安《散文诗》

一天，我看到教室窗外一棵在风中摇曳的不太高的树。看着看着，我的心中生出了感叹，那是一棵多美的树啊。它在草地上形成了圆润端正的三角形，众多树枝像烛台那样左右对称伸展开去，支撑着沉甸甸的绿叶。绿叶下方是像黑檀底座那样坚实的树干。它是那么完整、精巧而又不失"自然"的优雅超脱之气。那棵树仿佛就是它自己的创造者，明朗而沉默地立在那里。那确实是个作品，而且还有可能是音乐作品，是德国音乐家所创作的室内乐曲作品。堪称是圣乐的宗教式静谧的乐曲就像织锦壁挂的图案那样，充满了庄严、怀旧的气息。

树的形态与音乐类似，对我来说具有某种意味。二者相结合形成一种更强大、深沉的东西向我袭来时，那种难以言表的不同凡响的感动，至少不是抒情的，而是一种在宗教和音乐的交融中所能看到的那种阴暗的沉醉。"不是这棵树吗？"——我突然问自己。

"那棵反绑着年轻圣者的手，犹如雨后的水珠般从树干上滴下大量神圣鲜血的树。他因死前的痛苦而熊熊燃烧的青春的肉体剧烈扭动摩擦着的罗马的树？（那大概是世上所有快乐和烦恼的最后的证明。）"

根据殉教史的传说，戴里克先登基后的数年间，梦想着能像鸟儿自由飞翔那样拥有无限的权力。曾被哈德良皇帝[①]宠爱的著名的禁卫军统领，一位兼具东方奴隶般柔韧的身躯与大海般无情的叛逆者眼神的年轻统领，因为信奉禁神而被问罪。他英俊桀骜，头盔上插着镇上的姑娘每天早晨送来的白色百合花环。在结束艰苦的练兵休息时，百合花顺着他刚劲的头发优雅地低垂着，那样子犹如白天鹅的颈项。

无人知晓他生于何地，来自何方。但人们预感到，这位具有奴隶的身躯和王子般面容的年轻人，是作为逝去者而到此的。他是牧羊人恩底弥翁[②]的化身。只有他才能被选为青草最丰美的牧场的牧羊人。

还有一些姑娘确信他来自大海，因为他的胸膛能听到大海的轰鸣。作为一个出生在海边而又不得不离开大海的人，他的瞳孔深处浮现出大海作为礼物赠予他的神秘而永恒的水平线。他的叹息犹如盛夏潮湿的海风一样热，散发着一股被冲上岸的海草的气味。

塞巴斯蒂安——年轻的禁卫军统领——他所展示的美，难道不是一种被杀死的美吗？罗马的那些被滴血的鲜肉和彻骨的美酒滋养了感官的健壮的女人们，难道不是因为早已察觉到他自己还未知晓的凶险命运才爱他的吗？意识到不久将要从肉体撕裂的缝隙中迸

[①] 哈德良（76—138），罗马帝国全盛时期五贤帝中的第三位皇帝。其致力于加强防卫、充实国力，打造了帝国诸制度的基础。同时在希腊式教养的丰富的世界性的影响下，在雅典和罗马建造了各种神殿。
[②] 恩底弥翁，希腊神话中的美男子、牧羊人。他得到了月亮女神塞勒涅的爱，在塞勒涅的祈祷下，为了保持他不朽的青春，他陷入了永久的沉睡中。

射出来,热血比平常更加汹涌快速地在他白皙的肉体里流淌。她们怎能听不到那热血澎湃的希求呢。

并非薄命,绝非薄命。是更为傲慢凶险、耀眼夺目的东西。

譬如正在甜蜜地热吻时,有好几次死亡的痛苦从他的眉间掠过。

他自己也朦胧地预感到,在前方等待他的只有殉教。将他与凡尘分隔开的只是这个悲惨命运的标志。

那个早晨,塞巴斯蒂安迫于繁忙的军务于黎明时分起身。在天拂晓时他做了一个梦——不吉利的喜鹊聚集在他的胸前,拍打着翅膀将他的嘴巴盖住——梦似乎还在眼前。他每夜栖身的简陋床铺,夜夜将他带到大海的梦境中,散发着被海水冲上岸的海草的气味。他站在窗前穿上铠甲,发出嚓嚓的声响,看着十二星座的星团沉没于远方围绕神殿的森林上空。远眺异常壮丽的神殿,他的眉宇间浮现出最适合于他的近乎痛苦的轻蔑神情。他呼唤着唯一的神的尊名,低声吟诵两三句可怕的圣句。于是从神殿所在的方位,从分隔星空的圆柱列周围,确实传来了响彻四方的呻吟声,像是将那微弱的声音放大了好几万倍后传回的回声。那响彻星空的声响像是异常的堆积物倒塌所发出的声响。他微笑着垂下眼睛,看到在破晓前的昏暗中,如往常一样手捧未开放的百合花,秘密来到他的住处进行晨祷的姑娘们……

中学二年级的隆冬时节,我们已经习惯了穿长裤;习惯了相互间直呼其名（小学时老师要求相互之间打招呼要加上"君"，即使在盛夏时节也不能穿露膝的袜子。穿上长裤后首先感受到的快乐就是再也不用让紧绷的袜口勒住大腿）；习惯了愚弄老师的风气；习惯了在茶馆相互请客；习惯了在校园的森林里追逐打闹的密林游戏以及住校生活。唯独住校生活是我未知的。小心谨慎的父母以我体弱多病为借口，请求将我免除于几乎是强制性要求的初中一二年级的住校生活。还有一个更重要的原因，就是为了避免我学坏。

走读的学生很少。二年级最后一个学期，在这个少数人的团体中又加入了一个新成员，他叫近江。他是因为不良行为被从宿舍赶了出来。在那之前我从没有注意过他，直到他被驱逐出来，身上被打下了所谓"不良"的清晰烙印，我的目光就难以从他身上移开了。

一个总是笑呵呵的热心的胖朋友，挤出酒窝笑嘻嘻地来到我面前。这种时候他一定是掌握了某些秘密情报。"有个好消息要跟你说。"

我从蒸汽取暖炉旁离开。

与这个热心的朋友来到走廊，靠在能俯视射箭练习场的窗子上。此时射箭练习场上狂风乱舞。那里基本上是我们密谈的场所。

"近江他……"这位朋友好像难以启齿，脸也红了。这个少年在小学五年级时，大家只要一说到那种事，他就会马上否定，而且很会找理由。"那一定是撒谎。我知道得很清楚。"他听说我朋友的父亲得了中风，又忠告我说中风会传染，最好不要接近那个朋友。

"近江他怎么了，啊？"——在家还一直使用女性用语，一到学校我就说起相当粗俗的语言。

"千真万确。近江那小子是'有过那种经验的'。"

好像是有那么回事。近江好像留过两三次级。他骨骼清秀,脸部的轮廓散发出特有的超越我们的青春光彩。他生性清高,目空一切。没有一样东西是不被他蔑视的。就像优等生因为是优等生、教师因为是教师、警察因为是警察、大学生因为是大学生、公司职员因为是公司职员,一切都被他蔑视、嘲笑,真是毫无办法。

"哦?"

也不知为何,我瞬间联想到近江在修理军训所用手枪时的灵巧手艺,不由想到了他受到军训教师和体操教师的破例优待担任小队长的那副俊俏模样。

"所以啊……所以嘛,"朋友露出了只有中学生才知道的淫荡的窃笑,"那小子的那玩意特别大。下次玩'下流游戏'的时候,你摸摸看就知道了。"

——"下流游戏"是这个学校中学一二年级学生中固定沿袭的传统游戏,似乎真正的游戏就像这样,这与其说是游戏,更像是一种疾病。大中午,游戏在众目睽睽之下进行。某个人呆呆地站着,另一个人从旁边伺机靠近,瞄准好后出手。如果顺利抓住,胜利者就跑到远处,欢呼庆祝。

"真大呀,A的那玩意真大呀!"

不管是什么促使大家玩这个游戏,我认为这个游戏就是为了看被攻击的人那副可笑的样子而存在。把夹在腋下的教科书和其他东西统统扔到一边,用两只手挡住被攻击的地方。严格来说,他们就是通过取笑他人来获得解脱。在看出了自己的羞耻心之后,对被攻击者羞红的脸上所表现出的共同的羞耻感,通过高人一等的方式来嘲笑对方而获得满足。

被攻击者好像商量好似的喊道：

"啊，B真下流。"

围观的人也附和道：

"啊，B真下流。"

——近江是玩这个游戏的高手，进攻速度快且大多成功得手。有时候会让人觉得似乎所有人都在默默等待他的攻击。但同样，他也屡遭被攻击者的反击。但所有人的反击都失败了。他走路时常常把手插在口袋里，当伏兵靠近时，他瞬间用口袋里的一只手和外面的一只手构成双重铠甲。

那个朋友的话，令我心中滋生出了如毒草般的念想。在此之前，我也跟其他朋友一样，以天真无邪的心情参与下流游戏。但那个朋友的话，将我下意识中严格区分的那个"恶习"，即我的个人生活，与这个游戏，也就是我的公共生活，难以回避地关联在一起。他的那句"摸摸看"，将其他天真无邪的朋友所不能理解的特殊含义，突然地、不容分说地填满了我的内心。

从那以后，我不再参与"下流游戏"。我恐惧将要攻击近江的瞬间，更恐惧近江将要攻击我的瞬间。一旦发觉游戏即将爆发（事实上，这个游戏的突发情形类似于暴动或叛乱在不知不觉中突然爆发的情形），我就避开人群，只是从远处目光一刻不离地追随着近江的身影。

……尽管如此，在我们还未察觉之前，近江就已经开始将他的影响施加于我们了。

譬如说袜子。当时军事化教育已经侵蚀了我的学校，著名的江木将军的遗训——"质朴刚健"被老调重弹，禁止穿戴花哨的围巾和袜子。规定不允许戴围巾，只能穿白衬衫、黑袜子，至少是素色的。而只有近江一个人既戴着白绸围巾，又穿着花哨的袜子。

这位禁令的最初叛逆者，竟不可思议地熟练地将他的不良行为美其名曰叛逆。少年们对于叛逆这一美学是何等脆弱，他却能够亲身实践探个究竟。在串通一气的军训教师面前——那个乡下出生的下级士官就像是近江的追随者——近江故意将白绸围巾慢悠悠地缠在脖子上，将镶着金纽扣的外套像拿破仑似的领子左右敞开穿着。

但是，众多愚人的叛逆不论在任何场合都只不过是小家子气的模仿。如有可能，他们往往希望能够避开产生结果的危险，只想品尝叛逆的美好滋味。我们从近江的叛逆中，仅仅只是剽窃了他那花哨的袜子。我也不例外。

早晨，一去到学校，在上课前吵闹的教室里，我们不坐在椅子而是坐在课桌上聊天。早晨穿了花哨的新花样的袜子，细致地捏起裤子中线坐在课桌上。于是，眼尖的立即发出感叹：

"啊，好抢眼的袜子！"

——我们并不知道其他能胜过"抢眼"这个词的赞美之词。但只要一说起这个，无论是说的一方还是被说的一方，总会想到不到绝不对提前出现在列队中的近江那傲慢的眼神。

一个雪后晴朗的早晨，我很早就去了学校。因为朋友打电话来说第二天早上要打雪仗。由于期待着第二天的到来，我晚上睡不着。所以第二天早早地起床之后，也不管时间尚早就去了学校。

积雪刚刚没过鞋子。在太阳还没有完全升起时，街景由于雪的缘故，显得凄惨无比、毫无美感，雪看起来像是包扎着街景伤口的略带污垢的绷带。因为，街景的美，就是伤口的美。

离校门前的车站越来越近，我从空荡荡的国营电车车窗看着工厂街对面缓缓升起的太阳，风景中充满喜悦的色彩。一排排耸立的烟囱让人产生不祥之感，单调的石板瓦屋顶阴沉沉地起伏着。朝阳照射下，雪的假面发出阵阵刺耳的笑声，令人瑟瑟发抖。雪景的假面戏经常出现在革命啊、暴动啊这些悲剧性事件中。在雪的映照下，脸色苍白的行人仿若挑担人。

我在校门前的车站下车时，听见了车站旁运输公司事务所屋顶上融雪下落的声音。那只能认为是光线在落下。混凝土地面被鞋底的泥土涂抹上一层虚假的泥泞，光线叫喊着纷纷投身其中坠落而亡。其中一缕光线错误地落到了我的脖子上……

校门里没有人的踪迹，放置储物柜的房门也上着锁。

我推开一楼的二年级教室的窗户眺望雪景。沿着森林的斜坡，有条小路从学校后门延伸至这栋校舍。雪上印着一串大大的脚印，沿着那条小路一直来到窗下。脚印在窗边折返，消失在左斜方科学教室的楼后边。

已经有人来了。他应该是从后门进来的，从教室的窗户往里看，发现还没人来，就一个人走到科学教室的楼后边去了。几乎没有学生从后门来上学。只有那个近江，有传言说他是从女人的家里来上学的。可他向来都是不到列队时一定不会出现的。如果不是他，我就猜不出是谁了。看到这个大大的脚印我只能想到是他。

我从窗口探出身去,聚精会神地看着那鞋印,上面有翻新的黑土的颜色,能看出那是个力道十足的脚印。那难以形容的力道,令我对那些鞋印产生了兴趣。我真想一头栽下去,把脸埋到那个鞋印里。但我那迟钝的运动神经像之前说过的那样,仅利于我保身。我放下书包,慢吞吞地爬上窗台。制服胸前的摁扣压到石头窗台上,摩擦着我瘦弱的肋骨,给予我一种混合着悲哀的甘甜的疼痛感。我翻过窗子跳到雪上时,那种轻微的疼痛,使我的心爽快地为之一紧,并因感到危险而浑身战栗。我将我的防雨鞋套轻轻地贴在那个鞋印上。

看上去大大的鞋印却和我的差不多。我忘记了这个脚印的主人大概也穿着当时在我们当中流行的防雨鞋套。这样看来,那个脚印应该不是近江的。——尽管循着这些黑色的脚印找过去,我当下的期望也许会落空,但这种不安的期待却吸引着我。近江此时仅仅是我期待中的一部分。对于比我来得更早,在雪地上留下脚印的人,对于某种被侵犯的未知进行报复的憧憬占据着我的内心。

我气喘吁吁地沿着脚印追寻过去。

就像跳踏脚石那样,沿着或是在漆黑有光泽的泥土上,或是在枯萎的草地上,或是在脏兮兮的雪块上,或是在石板路上的鞋印一直走。不知不觉中我发现,我的步伐与近江的大步伐如出一辙。

穿过科学教室后面的背阴处,我来到了开阔的运动场前的高台上。三百米椭圆形的跑道以及被它所包围的高低起伏的运动场,全都被耀眼夺目的白雪所覆盖。在运动场的一角,两棵巨大的榉树相傍而生,在朝阳下拖着长长的影子,为雪景增添了一种意味，即在卓越中必须打破的鲜明的谬误。巨树在冬日蔚蓝的天空、地面白雪的映衬以及朝阳从侧面的照射下，如塑料一般致密地耸立着。从枯萎的树枝上和树干的裂缝中，如砂金般的雪偶尔滑落下来。运动场对面排列着的少年宿舍以及一旁的杂木林，依然在睡梦中尚未翻身，以至于那微弱的声音也传出了悠远的回响。

因为这片场地上耀眼的光线，我一时什么也看不见。雪景在某种意义上就是新的废墟。只有在古代废墟中才能看到的无边无际的光辉，降临到这个虚假的虚空中。在这个废墟的一个角落里，大约五米宽的跑道的雪地上，写着几个巨型大字。离我最近的一个大圈是O，O的对面是M，在更远处是一个横写的又长又大的I。

是近江。我一路追寻而来的脚印，从O到M，再从M到I的中间，近江就站在那里。戴着白色的围巾低着头，双手插在外套口袋里，脚上穿着防雨鞋套在雪地上划拉。他的身影与运动场上的榉树影子平行，旁若无人地在雪地上肆意延伸。

我觉得脸上一阵发烫，开始用手套团雪球。

我将雪球投出去，但是没有砸中。此时，写完I字的近江无意中将目光投向了我。

"喂。"

我虽然担心近江大概只会表现出不悦，却被莫名其妙的热情所驱使，冲他打了声招呼，然后从高台的陡坡上猛冲下来。但出乎意料地，传来的竟是他那浑厚、亲切的喊声。

"喂，不能踩了地上的字哦。"

我不由感到，今天早晨的他的确跟往常的他不太一样。他通常都是把教科书往学校储物柜里一放，回了家绝不写作业。

两只手插在口袋里来上学,熟练地把外套一脱,赶在最后一刻站在队列的最后。唯独今天早晨,不光是一大早一个人孤零零地消磨时间,而且还对平时被他看作是小孩子而不屑一顾的我,展示出他特有的亲切、豪放的笑容。我是多么期盼这样的笑容和富有朝气的洁白的牙齿啊。

但是随着这个笑脸逐渐靠近并能够看清楚之后,我忘却了刚才喊出"喂"时的热情,感到无地自容的畏缩和胆怯。理解阻碍了我。他的笑脸像是要掩饰"被理解"的弱点,但比起伤害我,更伤害了一直以来我在心中所描绘的他的形象。

当我看到雪地上他的名字OMI那几个大字的一刹那,也许在半无意识中已了解了他的孤独,包括他一大早来到学校的动机,尽管连他自己也不是十分清楚。——此时,我的偶像在我心里正屈膝跪在我的面前,如果他辩解说"为了打雪仗所以早来了",那么比起他所丧失的骄傲自尊,有更重要的东西将从我心中消失。我为此感到焦虑,并想到必须由我先开口说话。

我终于开口说道:"今天看来是没法打雪仗了。"

"本以为还会再下大一些呢。"

"嗯。"

他的脸上露出不悦的神情,那紧实的脸部线条变得僵硬,对我的那种令人痛心的轻蔑重新浮现出来。他努力将我看作小孩,眼神中显示出厌恶。关于他在雪地上写的字我只字不提,他的内心对此怀着些许感激之情。他在抵抗这种感激的情绪时所表现出的痛苦令我为之着迷。

"哼!我讨厌戴那种小孩子的手套。"

"大人不也戴毛线手套吗?"

"真可怜,你大概不知道戴皮手套是什么感觉吧。"

他突然将被雪弄湿的皮手套贴到我发烫的脸上。我躲开了，感到脸上有一种真切的肉感在燃烧，像是被打上了烙印。我发现我正用一种澄澈的目光注视着他。

——从这时起，我恋上了近江。

如果用粗糙的语言来表达的话，那是我有生以来的第一次爱恋。而且很明显是一种与肉欲紧密相连的爱恋。

我焦急地等待着夏天，哪怕是初夏。我幻想着那个季节能给我看到他裸体的机会。而且，我还抱着一种更见不得人的欲望。

两副手套在我记忆的电话里串了线。这副皮手套和接下来要讲到的在仪式上用的白手套，我思索着哪一个是真实的记忆，哪一个是虚假的记忆。对于他粗野的容貌，或许皮手套更般配。可是，正因为他容貌粗野，才与那白手套更般配。

粗野的容貌。——虽然这么说，那只不过是一个寻常的青年人的容貌混入到少年当中的印象。他骨骼清秀，个子比我们当中身高最高的学生要矮很多。我们学校那海军士兵风格的粗糙制服，穿在还未完全长开的少年身上略微显得不合体，只有近江一个人穿起那制服，显示出了充实的重量感和一种肉感，从那藏青色尼龙制服可以窥见他肩膀和胸脯的肌肉。用充满嫉妒和爱的眼光看他的人应该不止我一个。

他的脸上始终浮现着一种隐隐的优越感，那是因为多次受到伤害而燃起的某种东西。留级、开除……这些悲惨的命运，似乎被他认为是一种受到挫折的意志的象征。是怎样的意志呢？我隐约感到那是出于他"罪恶"的灵魂驱使下的意志。对于这个庞大的阴谋，甚至连他自己也还未充分地意识到。

具体来说,那是一张圆脸,略微发黑的脸颊上颧骨高傲地耸着,形态优美厚实而又不过高的鼻子下面,是线条清晰讨巧的嘴唇和结实的下颚。从这张脸上让人感觉到他全身充溢的血液在流动。那是一个野蛮灵魂的外衣。有谁能期待了解他的内在呢?能够对他有所期待的,只是我们遗忘在遥远过去的那未知的完整模型。

有时,他会心血来潮过来看两眼我正在读的与年纪不相符的圣贤书,我通常都客气地笑笑将那本书藏起来。那并非出于害羞,而是对我来说,他对书产生兴趣,并由此显示出他的笨拙以及他对自己的无意识的完美性的厌恶,关于这些的种种预测令我感到难过。因为我不忍这位渔夫忘记自己的故乡伊奥尼亚[①]。

无论是在上课时还是在运动场上,我无时无刻不注视着他的身影,并构建起他完美无缺的幻影。因此,在我的记忆中,他的影像毫无缺点。在小说式的叙述中,通过提炼加工人物身上必不可少的某些特征、嗜好,能使小说人物形象更加鲜活。可在我的记忆中,近江身上找不出任何一个缺点。相反,我从近江身上提取出了很多其他的东西。那就是他身上无限的多样性和微妙的神韵。总之,我从他身上提取的是关于生命完整性的定义,他的眉毛、额头、眼睛、鼻子、耳朵、脸颊、颧骨、嘴唇、下颚、颈部、咽喉、血色、肤色、力气、胸脯、手以及其他无数的东西。

以此为基础进行淘汰筛选,就形成了一个嗜好体系。我不喜欢有智慧的人就是因为他的缘故。我不喜欢戴眼镜的同性也是因为他的缘故。因为他,我开始迷恋力量、血性、无知、粗

[①] 伊奥尼亚,包括小亚细亚西部及其近海诸岛。

鲁的动作、粗鄙的语言，以及一切丝毫不被理智所侵蚀的肉体中所具有的野蛮的忧愁。

——然而，这个不合道理的嗜好，对于我来说从一开始在逻辑上就是不可能的。也许根本不存在比肉体的冲动更符合逻辑的事物。一旦经由理智进行理解，我的欲望就会立即衰退。即便是被对方察觉的丝毫理智，也是我被迫做出的理智的价值判断。在爱的相互作用中，对对方的要求也会成为对自身的要求。因此，在要求对方无知的同时，也要求我彻底地"背叛理性"，哪怕只是暂时的。但无论如何这都是行不通的。于是，我时刻留心着不与未被理智侵犯的肉体的所有者，即痞子、水手、士兵、渔夫等进行交谈，只是用极度冷淡的态度远远地关注他们。也许只有语言不通的热带荒蛮之国，才是我的安居之所。对于荒蛮之国那热浪翻腾的酷夏的向往，早在我年幼的心中滋生蔓延了……

接下来说说白手套。

我的学校有个惯例，就是在举行仪式的日子要戴着白手套上学。白手套手腕处的贝壳纽扣闪着幽幽的光，手背处缝着三条冥想式的线。只要戴上这白手套，就能够想到举行仪式的昏暗的礼堂，离开时拿到的盐濑①家的点心盒，当天响起的嘹亮的声音，像是遭受挫折似的晴朗的天气，此类关于仪式日的印象。

冬季的祝祭日，应该是纪元节②。那天早上近江也难得地

---

① 盐濑，奈良以来即有的馒头店。据说其创始人是东渡日本的奉化人林净因，是最早在日本制作馒头的人。
② 纪元节，日本祝祭日四大节之一，第二次世界大战后被废除，其后改为日本建国纪念日，时间为每年的2月11日。

043

早早来到学校。

离列队还有一段时间,将一年级学生从校舍旁的浪桥上赶走,是二年级学生冷酷的乐趣。明明瞧不起浪桥这种小孩子游戏,但内心对那种游戏依然有所留恋的二年级学生,在这种蛮横无理的驱赶中,既可以向一年级学生表现出他们并非真想玩那种游戏,又可以半带嘲讽意味地耍帅。一年级学生在远处围成一个圈,看着二年级学生之间有表演意味的粗暴的比赛。那是在适度摇晃的浪桥上使对手跌落下去的比赛。

近江双脚踩在中间,不断留意着新加入的敌人,摆出一副被追杀的刺客的架势。同年级学生中没有人是他的对手。已经有好几个人跳上浪桥,被他敏捷的手砍倒,踩碎了在朝阳下闪闪发光的霜柱。每当此时,近江就像拳击选手那样,将戴着白手套的双手紧握于额前,与众人分享喜悦。一年级学生也忘记了曾被他驱赶,都为他欢呼喝彩。

我的目光一直紧盯着他那戴着白手套的手。他的手强悍、奇妙、精准地活动着,就像狼或者其他什么成年兽类的爪子。那双手就像一支羽毛箭划破冬日的晨空,射向了敌人的侧腹。被击倒的对手,有的一屁股坐到了霜柱上。在将对方击倒的一瞬间,为了调整倾斜的身体重心,近江在结着一层薄薄的白霜的圆木上扭动着身体。他柔韧的腰部力量,使他再次恢复了刺客般的架势。

浪桥无表情地、平稳地左右晃动着。

……看着看着,我突然间陷入了一种不安。是一种坐立不安的莫名的不安。像是浪桥摇晃造成的眩晕,但又并非如此。是所谓精神上的眩晕,也许是在看到他惊险的一举一动后,我内心的平衡被打破所带来的不安。这种眩晕当中,有两种力量在抗衡。一种是自卫的力量，另一种是更深刻、更严重地瓦解我内心平衡的欲望的力量。后者常常是人在无意识中身陷其中的微妙、隐秘的自杀冲动。

"怎么啦，都是一群窝囊废。还有没有要来的？"

近江站在浪桥上，微微左右摇晃着身体，戴着白手套的双手叉在腰上。帽子上镀金的徽章在朝阳下闪闪发光。我从没见过他如此俊美。

"我来。"

越来越剧烈的心跳，使我准确地把握住我即将说出这句话的瞬间。我屈服于欲望时总是如此。我走过去，站在那里，与其说是难以回避的行动，更像是计划好的行动。所以在之后的岁月里，我错误地认为自己是"有意志力的人"。

"行啦，行啦，输定了。"

嘲笑的呼喊声向我涌来，我从浪桥的其中一头走上去。我刚上去脚就滑了一下，大家又一阵大声起哄。

近江做出鬼脸迎上来。他不遗余力地扮鬼脸、假装要滑倒，还抖动手套的指端戏弄我。在我看来，那就像是要将我刺伤的危险的武器尖刃。

我的白手套和他的白手套好几次打到一起。每次我都被他的掌力所迫，身体向前栽去。看得出来，他似乎想尽情地戏弄我，为了不让我过早地败下阵来，他故意不太用力。

"啊，好险。你真够厉害的，我输了，马上就要掉下去了，看啊！"

他还伸出舌头，假装要掉下去的样子给我看。

他并不知道，他那扮鬼脸的样子损害了自身的美，而我却如坐针毡般的难受。我被他步步紧逼、压制，随之垂下了眼睛。就在这时，我被他的右手一下砍中，险些就要掉下去。在条件反射下，我的右手抓住了他的右手手指，确实地感受到他那被白手套紧紧套在里边的手指。

在那一刹那，我和他四目相对，就只是短短的一瞬间。在他的脸上，滑稽的表情消失了，被一种异常直率的表情所占据。那既非敌意又非憎恶，一种纯净无瑕而又来势汹汹的东西迸发了出来。那或许只是我多虑了。或许只是因手指被拽住，在身体丧失平衡的瞬间而露出的不加修饰的表情。但我的直觉告诉我，从我们手指间那闪电般力量的较量中，从我凝视他的那一瞬间的目光中，近江读出了我对他——仅仅只是对他的爱。

我们两个人几乎同时从浪桥上摔落下来。

我被人扶了起来，将我扶起来的人正是近江。他拽着我的手腕粗鲁地把我拉起来，默默地替我掸掉身上的泥土。我的手肘和手套上也沾上了混着霜的莹亮的泥土。

他拉着我的手走开了，我像是责怪他似的抬头看着他。

我的学校从小学时代开始，同班同学抱肩挽手的亲密行为是很平常的。此时，列队的哨声响了，大家匆忙赶往列队场。我和近江双双跌落，只不过被看作是腻了的游戏的尾声。因而我和近江挽着手并肩走在一起也不格外显眼。

倚着他的胳膊走着，令我感到无比喜悦。也许是因为我天生体弱，所有的喜悦中都伴随着不祥的预感。我感受到他的胳膊强劲有力，并通过我的胳膊传遍全身。我真想就这样一直走到世界的尽头。

但是，来到列队场后，他匆匆松开我的胳膊，站到自己的队列位置，没有再看我一眼。在仪式进行过程中，我多次看自己白手套上的污泥，又看了看与我间隔四个人的近江的白手套上的污泥。

——对近江的不明缘故的爱慕之心，我并没有进行意识上甚至是道德上的批判。一旦企图意识上的集中，那便不再是我了。如果有既不持续又无进展的爱恋，那我就属于这一类。我看近江的眼神总是"最初的一瞥"，甚至可以说是"天地之初的一瞥"。这种无意识的操作，始终保护着我十五岁的纯洁不受侵蚀。

这就是爱吗？看上去保持着纯粹的形式，并在多次反复的过程中，这种爱里也具有了独特的堕落和颓废。那是比存在于世间的爱的堕落更为邪恶的堕落，颓废的纯洁也是世上性质最恶劣的颓废。

但是，对近江的单相思，我人生中最初遭遇的爱恋，我就像将单纯的肉欲隐藏于羽翼之下的小鸟一样。令我感到迷惑的，那并不是意图获得的欲望，而只是纯粹的"诱惑"。

至少在学校时，特别是在无聊的课上，我始终无法将目光从他的侧脸移开。所谓爱是追求和被追求，对此一无所知的我还能做些什么呢？爱对我来说，只是相互提出小小的谜题，没有获得解答。我甚至没有想过我的这种爱慕之心，将会以什么样的形式得以回报。

一天，我因为有些感冒就没去上学，那天刚好是三年级学生第一次春季体检日。第二天我去到学校之后才知道。体检当天请假的两三个人去了医务室，我也跟着去了。

阳光照入房间，瓦斯炉里似有似无地燃烧着蓝色的火焰。房间里充斥着消毒药水的气味，完全没有体检时挤来挤去的少年裸体所特有的甘乳般浅桃色的气味。我们两三个人冷冷清清地、默不作声地脱下了衣服。

一个跟我一样老是感冒的瘦小少年站上了体重秤。看着他那长满汗毛、苍白瘦弱的后背，一个记忆突然苏醒，就是我一直都想看到近江的裸体，那是多么强烈的欲望。我真是太愚蠢了，竟然没有想到体检这种绝佳的机会。我已经错失了这次机会，只有等待着下次毫无指望的机会了。

我的脸色苍白，裸露着身体。满是鸡皮疙瘩的雪白的皮肤，感受到一种类似冰冷的悔意。我目光呆滞，揉搓着我那纤细的胳膊上留下的凄惨的牛痘疤痕。这时，叫到了我的名字。体重秤就好像是要对我行刑的绞刑台。

"三十九点五！"

当过护士兵的助手对医生说道。

医生一边在诊断记录上写上"三十九点五"，一边自言自语地说："至少也要达到四十公斤才行啊。"

每次体检我都要遭受这样的屈辱。但是今天听上去却有几分安心，是因为近江没有在旁边看到我的屈辱。有一瞬间，这种安心竟然上升为喜悦。

"好了，下一个！"

助手冷漠地推了一下我的肩膀，我也没有像往常一样用厌恶、愤怒的眼神回看他。

对我那最初的爱恋最终以怎样的形式结束，虽然模模糊糊，但也并非没有预感。又或许这种预感所带来的不安正是我快乐的核心所在。

初夏的一天，那一天就像是夏天即将到来的样本，预演着夏天的登场。为了在真正的夏天到来时万无一失,夏天的先锋在一天之内把人们的衣柜查看一番。检查通过的标志就是,人们在那一天穿着夏天的衬衫出门了。

那么炎热的天气我竟然得了感冒,支气管发炎。与闹肚子的朋友一起去医务室,开体操时间"观看"(也就是不做体操只是围观)的诊断书。

回来时,我们朝着操场所在的建筑物,尽可能慢吞吞地走着。只要说是去医务室,就能成为迟到的最佳借口,而且也想尽量缩短观看体操的无聊时间。

"真热啊。"

——我脱掉了制服的上衣。

"这样行吗,你不是感冒了吗。这样会让你做操的。"

我又慌忙将上衣穿上。

"我是因为闹肚子所以没关系。"

像在炫耀似的,朋友脱下了他的上衣。

来到体操场内,墙上的钉子上挂着有夹克,还有人脱下衬衫挂在上面。我们班大约三十个人聚集在体操场对面的单杠周围。阴沉的雨天,体操场地的后面,户外的沙坑、草地以及单杠的周围如火焰般明亮。由于自己体弱多病,我有一种自卑感。我怄着气一边咳嗽一边走向单杠。

瘦瘦的体操教师连正眼都不看一眼,从我手上接过诊断书,说道:

"引体向上。近江,你给他们做个示范。"

——我听见朋友们小声地叫着近江的名字。在体操课的时间,他经常不见踪影,也不知道他到底在干些什么。这时,他从叶子摇曳闪光的绿树后边,慢悠悠地出现了。

看到他的出现，我的心开始怦怦乱跳。他把衬衫脱掉了，只穿着无袖的纯白运动衫。微黑的皮肤使纯白的运动衫越发显得耀眼洁白。那是一种在很远就能"嗅"到的白色。鲜明的胸部轮廓和两个乳头，被雕刻在这石膏上。

"做引体向上吗？"

他生硬而又充满自信地问老师。

"嗯，是的。"

于是，身体健硕的近江如他往常一样，傲慢地、懒洋洋地将手伸到沙子上。湿润的沙子沾满他的手掌。他站起身，胡乱地搓了几下手掌，眼睛看向头上的单杠。他的眼神中闪动着亵渎神明者的决心，五月的白云和蓝天在他瞳孔中一闪而过，映照在轻蔑的荫凉中。一个跳跃贯穿了他的全身，接着，那适合于文锚碇文身的两只胳膊，瞬间将他的身体吊在单杠上。"哇！"

传来了同学们低沉的赞叹声。每个人的心中都十分清楚，那不是对他的力量技巧的赞叹，而是对于青春、生命、优越的赞叹。他露出的腋窝处能看到浓密的毛，这使他们感到吃惊。腋毛的数量之多，可以说是超出了必要。那如萋萋夏草般繁茂浓密的毛，恐怕少年们是第一次见到。那就像夏日的杂草，不仅覆盖了整个庭院，甚至还长到了石头台阶上。近江深陷的腋窝处长满了毛，还蔓延到了胸部两侧。这两个黑色的草窝，在阳光的照射下耀眼明亮，使周围的皮肤显得格外的白，像白色的沙地一样。

他的两条胳膊硬硬地鼓起，肩上的肌肉如夏日的云朵一样隆起，腋窝处的草丛被藏于暗影之中，看不见了。他的胸脯与高高的单杠摩擦，发出微妙的震颤。他就这样反复地做着引体向上。

生命力，仅仅是生命力无益的泛滥使少年们折服。生命中过度的感知，暴力的、完全只为了生命本身的无目的的感知，这种令人不快的生疏使他们折服。一个生命，在不知不觉中潜入了近江的肉体，将他占领、突破，并从他体内溢出，一有机会就企图凌驾于他之上。生命从这一点来说像是一种病。被粗暴的生命侵蚀的他的肉体，不惧怕传染，只为了那疯狂的献身而留存于这个世间。在惧怕传染的人们眼里，肉体只是一种责难——少年们畏缩着向后退。

我也跟他们一样，但多少有些区别。这件事足以让我脸红——当我看到他那丛生的腋毛的一瞬间，我产生了生理兴奋。由于穿着春秋时节的裤子，我不由得担心是否会被发现。即使没有那份不安，此时占据我的心的不仅仅是纯洁的喜悦。似乎我想看到的就是这些，所受到的冲击反而发掘出了意想不到的另一种情感。

那就是嫉妒。

就像是完成了某项崇高伟业的人那样，我听到近江的身体"扑通"一声落到沙地上。我闭上眼，摇了摇头，然后对自己说我已经不爱近江了。

那是嫉妒，是一种强烈的嫉妒，以至于我甘愿放弃对近江的爱。

或许在这件事情上，从那时起就在我心中萌芽的斯巴达式的自我训练法[①]的要求也产生了影响。（写作这本书就是这个

[①] 斯巴达式训练法，公元前一千年左右，在由多利亚人建立起来的古希腊城邦国家斯巴达实行的勤俭、尚武的严格的国家主义教育训练。其后转义为严格的教育。

要求的表现之一。)由于幼年时期体弱多病和受到溺爱,我害怕抬头正视别人的脸。从那时起,我就开始信奉一个准则,即"必须成为强者"。于是,我在往返的电车上进行训练,不分对象地盯着乘客的脸看。大多数乘客被纤弱苍白的小孩盯着看,并不会感到害怕,只是烦躁地避开视线。很少有人会跟我对视。当对方把脸背过去,我就认为是我赢了。就这样,慢慢地我能够正视别人的脸了。……

——我一心想要放弃爱恋,因而暂且忘却了自己的爱。这是件非常愚蠢的事,因为我忘记了我生理上的兴奋,这是爱的最明显的标志。生理兴奋实际上总是在不自觉中发生的,我自慰的"恶习",也总是在不自觉状态下进行的。我虽然已经具备了关于性的常识,但我并不认为这有悖常理。

话虽如此,我并非认为自己偏离常规的欲望是正常、正统的,也非误认为朋友们也跟我抱有同样的欲望。令我吃惊的是,我沉迷于读浪漫故事,就像个不谙世事的少女,将所有风雅的梦想,托付于男女间恋爱结婚的事情之上。我把对近江的爱草率地扔进了谜堆里,也不去深究其中的含义。我现在写下这些"爱"啊、"恋"啊,这一切并非我的感受。我的这些欲望与我的"人生"之间的重大关联,我连做梦都没有想到。

尽管如此,直觉要求我孤独。那是一种莫名的异样的不安——之前已经叙述过,我在幼年时期对于成为大人感到深深的不安。我的成长时常伴随着异样的强烈的不安。个子一个劲地长,每年都得把裤子的长度加长。所以在定做裤子时,总是得将裤脚边缝进去长长一截。在那个年代,像所有人家一样,我在家里的柱子上用铅笔标记自己的身高。家人们聚集在客厅里，见证着这项活动。每次长高了，家人们有的会笑话我，有的只是单纯地为我感到高兴。我强装笑脸，对于长到大人身高这一想象，不由得让我预感到一种可怕的危机。对于未来，我感到茫然的不安。这种不安既提升了我梦想脱离现实的能力，同时又将我驱逐，使我逃向那个梦想的"恶习"当中。我的不安证明了这一点。

"你在二十岁之前肯定会死。"

朋友们嘲笑着我的孱弱。

"你说得太过分了。"

我苦笑着，脸上的表情变得僵硬。同时又沉湎于这个预言中奇妙而甜蜜的感伤。

"要打赌吗？"

"那我只能赌我活着，"我回答说，"如果你赌我死的话。"

"是啊，真可怜啊，你要输了。"

朋友的口气中带着少年的残酷，重复地说道。

不仅是我一个人那样，同年级的同学大家都是那样。我们的腋窝下没有像近江那样浓密的腋毛，只不过显现出一点萌芽的苗头。所以在此之前，我没有特别注意过这个地方，显然是近江的腋窝使我对此产生了固定观念。

洗澡前，我久久地站在镜子前。镜子冷淡地映出我的裸体。我就像幻想着长大后能变成天鹅的丑小鸭。这与英雄童话里的主题正好相反。我期待着总有一天我的肩膀能变得跟近江一样，我的胸脯总有一天也能变得跟近江一样。看到眼前镜子里自己那瘦弱的肩膀、贫瘠的胸脯，与近江毫无相似之处，这种期待就异常的强烈。但如履薄冰的不安依然充满着我的内心。这与其说是一种不安，更像是一种自虐式的确信，一种犹如神谕的确信——"我绝无可能像近江"。

元禄时代①的浮世绘，常常将相爱的男女的容貌描绘得惊人的相似。希腊雕刻中关于美的普遍理想也是使男女之间趋于相似。这难道不是爱的一种隐秘意义吗？在爱的深处，难道不是有想要与对方分毫不差的相似的这种不可能的热切愿望吗？这种热切的愿望驱使着人们，将不可能从相反的一极转变成可能的悲剧性的背叛，难道不是这样吗？既然相爱的事物不能够变得完全相似，倒不如让相互间完全不同，使这种背叛保持一种娇媚的姿态，难道没有这样的想法吗？令人悲哀的是，相似往往会像幻影般瞬间消失。那是因为心爱的少女变得果敢，心爱的少年变得矜持。尽管如此，他们还是想要变得相似，最终只有穿过相互的存在，向远方，向着已经没有对方的远方飞奔而去。

我的嫉妒如此强烈，甚至愿意为此而放弃自己的爱。但与之前提到的隐秘意义相对照，我发现这依然是爱。我的腋窝在慢慢地，谦卑地，一点点地萌发、生长、变黑，我最终爱上了"与近江相似的东西"……

暑假来临。暑假对我来说，是翘首期盼却没有结尾的幕间休息，是满心期待而又令人沮丧的宴会。

自从我患上了轻度的小儿结核以来，医生就禁止我接受强

---

① 元禄时代，1688年至1703年。元禄为江户幕府第五代将军纲吉统治下的年号，幕藩体制稳定，商业繁荣，学术文化繁盛，风气清新。

烈的紫外线照射，禁止我在海边被阳光直射三十分钟以上。每次打破这个禁规，我就会立即发烧，得到报应。我不能参加学校的游泳训练，所以至今我还不会游泳。想到多年后在我内心顽强生长的，有时候会令我感到震撼的"海的诱惑"，我觉得不会游泳是具有暗示性的。

话虽如此，当时的我还没有遇到难以抗拒的海的诱惑。无论从哪方面来说都不适合我的夏季，却有一种莫名的憧憬引诱着我。为了不虚度这个夏季，我和母亲、弟弟妹妹一起到A海岸去度假。

……当我回过神来，我被独自一人留在了一块岩石上。

刚才，我和弟弟妹妹沿着岸边闪闪发光的岩石缝，追赶着小鱼来到了这块岩石旁。没有发现要找的猎物，弟弟妹妹开始感到厌烦。这时，女佣走过来要把我们带到沙滩上母亲所在的阳伞下。但我一脸不高兴拒绝跟他们一起走，于是女佣把我留下，只领着弟弟妹妹走了。

夏季午后的阳光不停地拍打着海面。海湾整体仿佛形成了一个庞大的晕眩。海面上那夏季的云朵，以一种雄伟的、悲伤的预言者的姿态，一半沉入海中，一半默默地伫立着。云朵的肌肉像雪花大理石一样苍白。

海面上只有两三艘游艇、小船，以及几艘渔船在踌躇不前地摇晃着，隐约能看到船上的几个人。精致的沉默高于一切。微微的海风带着故弄玄虚的告密般的神情，像快活的昆虫那看不见的振翅，传到了我的耳边。这一带的海岸是由向海面倾斜的、平缓顺滑的岩石构成。像我坐着的这种崎岖险峻的岩石，只能看到两三块。

海浪涌起，以一种令人不安的绿色的膨胀形态从远处滑过海面而来。海里突起的低矮的礁石群，向着相反的方向溅起高高的飞沫，像是一只只求救的白色手臂。身体仿佛浸入了深深的海里，看上去就像梦想着挣脱束缚的漂游。但膨胀的海面突然将它遗弃，以相同的速度滑向岸边。不久，有个东西在这个绿色的膨胀中苏醒、升高。海浪也随之翻涌，将落在岸边的巨大的海斧那被磨得锋利的刀刃侧面，尽现在我们面前。这个藏蓝色的断头台被砸下，溅起了白色的血浆。随后，随着破碎的浪头滚落的一瞬间，浪的脊背上映出了临终的眼眸中映着的至纯的蓝天，并非这世间所有的那种蓝——海面上终于露出了被侵蚀平整的一排排礁石，在被波浪侵袭的瞬间，隐没在溅起的白色泡沫中，又在余波褪去时光辉灿烂。我从岩石上看到，寄居虫由于眩晕而行动蹒跚，螃蟹不能活动身体。

孤独感很快与关于近江的回忆掺杂在一起。那是近江生命里的孤独、生命将他束缚时产生的孤独。对于这些的憧憬，使我开始希望效仿他的孤独。我现在面临奔腾的大海而产生的虚幻的孤独，在表面上类似于近江的孤独，使我想要模仿他而享受其中的愉悦。我需要一个人扮演近江和我两个角色。因此，我必须找出与他的共同点，哪怕只是一点点。如此，近江自身在无意识中所具有的孤独，我能够代替他有意识地表现出来，仿佛孤独能够带来快乐一样。很快，我就达到了幻想上的成功，即看到近江时我所感到的快感，变成了近江自身感受到的快感。

自从被圣塞巴斯蒂安的画像迷住后，我养成了一个嗜好，那就是每当我赤身裸体时，总是不自觉地将双手交叉放于头顶上。可是我身体瘦弱，丝毫看不出塞巴斯蒂安丰满美丽的影子。现在我还是会不经意地这么做，然后看向自己的腋窝，莫名的情欲便会涌上来。

——随着夏天到来，我的腋窝固然不及近江的，但也有了黑色的草丛在萌芽。这是与近江的共同点。我的情欲中显然有近江的存在，但也不能否认是我主动投入到那情欲之中的。那时候，骚动鼻孔的海风，火辣辣地照射我裸露的肩膀和胸脯的夏日的猛烈阳光，四下无人的周围环境。这一切都促使着我第一次在蓝天之下的"恶习"。我把腋窝当作了我情欲的对象。

……莫名的悲哀令我的全身颤抖。孤独像太阳一样灼烧着我。藏蓝色的毛巾短裤黏糊糊地贴在我的腹部上。我慢慢地从岩石上下来，把脚浸泡在岸边的海水里。浪褪去后的余波中，我的脚看上去就像死去的白色贝壳，镶嵌着贝壳的石子路在荡漾的海水波纹中清晰可见。我跪在海水中，此时破碎的波浪咆哮着向我袭来，我任由其撞击着我的胸膛，让全身被溅起的水花包围。

——浪打来时，我的污浊被洗净。我的精虫随着波浪，与水中的许多微生物、海藻的种子、鱼卵等诸多生命一道，成为泡沫被卷到海里去了。

秋天来临，新学期开始时，近江没有来。公告栏上贴着他被开除学籍的处分。

于是，就像僭主[①]死后的人民一样，我的同学都在说他所

[①] 僭主，在古代希腊，主要利用贵族和平民之间的斗争，采用暴力等非合法手段夺取政权的独裁统治者。

干的坏事。借给他十元钱不还啦,他笑嘻嘻地抢走了进口的钢笔啦,被他拧了脖子啦……这些坏事似乎都是他们每个人亲身遭遇的,而我对他所做的坏事却一无所知,这简直让我嫉妒得发狂。但是开除他学籍的理由并没有确切的定论,这让我的绝望得到了些许安慰。关于近江被开除的理由,就连每个学校都有的那种消息通也探听不到任何消息,老师也只是冷笑着说是因为"坏事"。

只有我对于他的坏抱着一种神秘的确信。他一定是参与策划了一个连他自己都没有充分意识到的某个庞大的阴谋。正是他"坏的"灵魂所点燃的意志热情才是他生存的价值,是他的命运。至少我是这么认为的。

……于是,这个"坏的"意味在我的内心发生了变化。它所引发的庞大的阴谋,组织复杂的秘密结社、有条不紊的地下战术,都是为了某个不为人知的神。他效忠于那个神,意图让人们改变宗教信仰。但秘密被告发,他被暗中杀害。一天傍晚,他被扒光了身上的衣服带到了山上的杂木林中。在那里,他双手被高高地绑在树上。第一支箭射穿了他的侧腹,第二支箭射穿了他的腋窝。

我的联想进一步延伸。他做引体向上时抓住单杠的姿态,最适合于联想到圣塞巴斯蒂安。

中学四年级时,我患上了贫血症。脸色越来越苍白,手是草绿色的。爬上高台阶后必须要蹲一会儿。那是因为曾经有白雾一般的龙卷风从我的后脑勺盘旋而下,形成了一个旋涡,使我晕厥。

家人带我去就医,医生诊断我是贫血。那是个厚道且风趣的医生,家人问他贫血是种什么样的病,他回答说那就参照书籍来说明吧。检查完后我待在医生旁边,家人在医生对面。我能窥见医生念的那本书上的内容,但家人们看不到。

"……嗯,接下来说说病因,也就是病情的原因。'十二指肠虫'①太多了。令公子估计也是这个原因,需要检查大便。'萎黄症'②的可能性很小,而且是女性病……"

医生跳过一个病因接着念,之后就是在嘴里咕咕哝哝,然后合上了书。然而,我看到了他跳过没念的那个病因。那是"手淫"。我感到因为羞耻而心跳加快。医生看穿了我的心思。

医生开的处方是砷剂注射。这种毒素的造血作用,一个多月就把我治愈了。

但有谁会知道我的贫血与对血的欲求产生了异常的关联。

先天性供血不足,给我种下了渴望流血的冲动。然而那个冲动使我的身体丧失了更多的血,这使我越发强烈地产生对血的希求。这个历经艰苦的梦想生活磨炼了我的想象力。当时我还不知道萨德③的作品,但对《暴君焚城录》④中罗马斗兽场

---

① 十二指肠虫,寄生在人体和哺乳类动物的小肠,特别是十二指肠中,吸食血液、引起重症,体长约一厘米的寄生虫。
② 萎黄症,贫血病之一。皮肤、黏膜等变得苍白,引起头痛、眩晕、耳鸣,体力减退无法劳动。常见于年轻女性。
③ 萨德(1740—1814),法国作家,通称萨德侯爵。由于性丑闻,生命的三分之一是在狱中度过的,于是投入精力开展了创作活动。施虐性性欲sadism就来源于他的名字。代表作有《瑞斯丁娜或美德的不幸》《于丽埃特或恶行的荣耀》,以及可以称为性倒错总目录的《索多玛120天》等。
④ 《暴君焚城录》,波兰作家显克维奇(1846—1916)的历史小说。描写了疯狂的罗马皇帝尼禄对基督教徒的大屠杀,以及彼得和保罗的殉教背景下遭到迫害的波兰民族的命运。拉丁语的题目是"你去往何方?",是彼得向走向十字架的基督所提的问题。

的描写印象深刻，构想了一个自己的杀人剧场。在那里，仅仅是为了消遣娱乐，年轻的罗马角斗士贡献出了生命。死充满鲜血，而且要有仪式感。我对所有类型的死刑和刑具感兴趣。拷问刑具和绞刑台因看不到流血而敬而远之，手枪和铁炮等使用火药的凶器也不喜欢。我尽可能选择一些原始、野蛮的工具，比如弓箭、短刀、矛等。为了使痛苦持续的时间更长，以腹部作为目标。死亡需要发出呼唤，那呼唤能使人感受到永恒的、悲伤的、凄惨的、不言而喻的孤独。因而，我生命中的喜悦从深渊燃烧起来，最终发出呼唤，并为这呼唤而感动。这不就是古代人狩猎的喜悦吗？

希腊的士兵、阿拉伯的白人奴隶、蛮族的王子、酒店电梯男侍者、男佣、痞子、军官、马戏团青年等，都被我用幻想的凶器杀害了。由于我不知道爱的方式，所以误将我爱的人杀害，就像那蛮族的强盗。他们倒在地上，我亲吻着他们依然在微微颤动的嘴唇。我在某种暗示下，发明了一种刑具。在轨道的一端固定着刑架，另一端十几把短刀嵌入人偶的厚板子顺着轨道挤压过来。在死刑工厂里，贯穿了人体的旋转盘始终运转着，在血浆中加入甜味罐装售卖。众多的牺牲者被反绑着手，送进了这个中学生头脑中的罗马斗兽场。

刺激程度不断加强，达到了人类所能达到的最罪恶的幻想。这个幻想的牺牲者是我的同学，是一个擅长游泳、体格出众的优秀少年。

那是一个地下室，正在举行秘密宴会。纯白的桌布上典雅的烛台烛光闪耀，银质的刀叉摆在盘子的左右两边。桌上照例摆放着盛开的康乃馨。唯独奇怪的是，餐桌中央的空白出奇的大。一会儿肯定要在那里摆上巨大的盘子。

"还没好吗？"

一个参加聚餐的人问我。他的脸部阴暗看不清楚，但听出来是个庄严的老人的声音。说起来，每一个参加聚餐的人的脸部都很阴暗没法看清，只能看到烛光下伸出的白色的手，摆弄着散发银光的刀叉。宴会上不断回荡着小声的交谈和自言自语的嘟囔，时而传来椅子咯吱咯吱的响声。除此之外，再无其他响亮的声音，气氛阴郁。

"应该很快就好了。"

我回答道，但对方报以深沉的沉默。看得出大家对我的回答很不满意。

"我去看看吧。"

我起身推开厨房的门，厨房的一角有通往地上的石阶。

"还没好吗？"我问厨师。

"什么？马上就好。"

厨师没好气地切着像是菜叶的东西，头也不抬地答道。大约两张榻榻米大的厚案板上什么也没有。

从石阶上传来了笑声。抬头一看，是另外一个厨师拉着我那体格强壮的同学的手走了下来。少年穿着普通的长裤和敞着怀的保罗衫。

"啊，是B啊。"

我若无其事地跟他打招呼。从石阶上下来后，他把两只手插在口袋里对着我顽皮地笑了笑。此时，厨师突然从后面冲过来勒住了他的脖子。少年猛烈地挣扎反抗。

"……是柔道的招数吧。是柔道的招数……那叫什么来着？……想起来了……叫绞首……实际上是死不了的……只是昏迷而已……"

我一边想着，一边看着这场凄惨的搏斗。少年突然在厨师强壮的胳膊里筋疲力尽地垂下了头。厨师不动声色地把他抱起来放到料理台上。另一个厨师也走过来，用职业手法将保罗衫脱下，取下手表，脱掉裤子，转眼间就变成赤身裸体了。裸体的少年微微张着嘴仰面躺着。我久久地亲吻着那嘴唇。

"是仰面朝上好，还是俯身朝下好？"

厨师问我。

"仰面朝上更好吧。"

因为那样能看到他琥珀色的盾牌般的胸脯。另一个厨师从架子上拿出一个正好有人的身体那么大的西式盘子。那是个奇怪的盘子，两头的边缘处各有五个，加起来一共十个小孔。

"哎哟嘿！"

两个厨师把失去知觉的少年仰面放到了盘子上。厨师愉快地吹起口哨，将细麻绳从两端的小孔穿过去紧紧地捆住少年的身体，那敏捷的动作显得相当熟练。大大的沙拉叶子装饰在少年的裸体周围，特大的铁质刀叉放在盘子上。

"哎哟嘿！"

两个厨师抬起盘子，我打开了食堂的门。

充满好感的沉默迎接着我。盘子被放在了灯光下雪白发亮的餐桌空白处。我回到座位上，从大盘子的边缘处拿起特大号的刀叉。

"从哪里下手好呢？"

没有人回答。能感觉到有很多张脸伸到了盘子周围。

"这里应该比较好切。"

我把叉子插入心脏，血柱正好喷到我的脸上。我用右手的刀慢慢地将胸部的肉薄薄地切下来。……

贫血治好了，但我的恶习却越发厉害。在几何课上，我盯着教师中最年轻的几何教师A的脸看个没够。据说他曾经当过游泳教练，脸被海上的阳光晒黑，声音像渔夫一样浑厚。冬天时，我将一只手插在裤子口袋里，在笔记本上抄写着黑板上的字。抄着抄着，我的目光离开了笔记本，无意识地看着A。A用他富有朝气的声音一边解说着几何难题，一边围着讲台走上走下。

官能上的烦恼已经侵入了我的日常。不知从何时起，年轻的教师在我眼前成了大力神赫拉克勒斯梦幻的裸体像。他用左手拿着黑板擦擦黑板，伸出右手写方程式。从他背部衣服的褶皱中，我看到了"拉弓的赫拉克勒斯"①的肌肉线条。终于，我在上课时间也犯下了恶习。

——课间，我垂头丧气地来到运动场。我单相思的恋人，一个留级生，走过来问道：

"喂，你昨天去片仓家吊丧了吧，情况怎么样？"

片仓是前天刚举行完葬礼，因结核病死掉的温和的少年。听朋友说他的遗容完全不像魔鬼，我等火化时才去吊丧。

"也没什么，就是骨灰嘛。"我面无表情地答道。突然，我想起了讨好他的口信。"对了，片仓的妈妈向你问好。她说今后就变得冷清了，请你一定上她家玩儿。"

"混蛋！"——我的胸部受到一股急剧的、带着温柔力量的撞击而吃了一惊。我的恋人脸颊通红，还带着一种少年的羞涩。我看到他的眼中闪烁着一种将我视为同类的陌生的亲切感。他又说了一句"混蛋"，然后说："你小子也学坏了，你

---

① 拉弓的赫拉克勒斯，法国雕塑家埃米尔·安托万·布德尔（1861—1929）创作的雕塑。

他妈的笑里还另有含义啊。"

——我一时没反应过来。我只是符合情理地笑了笑,大约过了三十秒钟,我才终于反应过来。原来片仓的母亲还是个年轻美丽的瘦弱的寡妇。

比这件事令我感到更悲哀的是,这样迟钝的理解,并非由于我的无知,而是由于我和他之间明显的兴趣差异。我感受到的显而易见的距离感是应该被预见的。而因为我的后知后觉使我吃了一惊,这才是最令我懊恼的。我没想过片仓母亲的口信会引起他怎样的反应,只是无意识地传达给他,光想着给他传口信能够讨好他。对于自己这种幼稚的丑态,就像小孩子哭过后,脸上留下泪痕的丑态,让我感到绝望。我为什么就不能像现在这样呢?我上百万遍地反问自己。对于这个提问我已经精疲力竭。我厌烦透了,我在纯洁中堕落,心想事成。(那是多么令人欢喜啊!)我认为自己也能从这种状态中解脱出来。那时,我还不知道我所厌倦的东西其实只是人生的一个部分。我相信,我厌倦的是梦想而非人生。

人生催促着我出发。是人生吗?即便不是如此,我此时也必须迈着沉重的脚步出发。

第三章

所有人都说人生如舞台。但很少有人像我这样，从少年时代结束时起，就被人生如舞台的意识操纵着。那是一个确切的意识。由于其中掺杂着质朴的想法以及缺乏经验，我心存些许疑惑，即人们不会像我这样走向人生。但同时，心中约七成又相信所有人都是这样开始人生的。我乐观地相信，表演结束了就要落幕。我会早死的假设对此产生了影响。但是后来，我的乐观主义，不，确切地说是梦想，受到了残酷的报复。

为了慎重起见，我必须补充说明。我在此要说的，并非一般意义上的"自我意识"的问题，而仅仅只是性欲的问题。至于其他的事情我不打算在此说明。

劣等生本来就是由先天素质决定的。我为了正常地升入高年级，采取了姑息的手段。即在考试中不管内容能不能看懂，偷偷地把朋友的答案抄在试卷上,并若无其事地交上去。这种比作弊更缺乏智慧、更厚颜无耻的方法,有时也能获得表面上的成功。他升上了高一年级。高年级的课是以掌握了低年级的知识为前提的,他完全跟不上。他虽然听课,但是什么都没听懂。因此,他只有两条路可走。一条路是留级,另一条路是拼命假装自己听懂了。何去何从取决于他的懦弱和勇气的质,而非量。无论选择哪一条路,都是需要等量的勇气与等量的懦弱。而且不论哪一条路,都需要对懒惰有一种诗一般持久的渴望。

有一次,一群同学在校园外,叽叽喳喳地议论一个不在场的同学喜欢上往返公共汽车的女售票员的传言,我加入了他们其中。有关传言的议论很快转变成讨论公共汽车女售票员到底哪一点好。于是,我故意用冷淡的语调,抛出一句话:

"制服呗。那紧身的制服就挺好的。"

当然,我没有从女售票员身上感受到丝毫肉体的魅惑。类推——纯属类推,对待事情想采取像大人那样,老成、冷淡、好色的看法,这种与年龄相符的卖弄的虚荣心起了作用,使我说出了那种话。

接着出现了强烈的反应。这群人是学习成绩好,行为上也无可挑剔的稳健派。他们七嘴八舌地说道:

"好家伙。你可真行啊!"

"要是没有相当的经验,是说不出那种一针见血的话的。"

"你真是可怕啊。"

面对如此天真激动的评论,我认为药效有点过猛了。即使是说同样的事情,也有听起来不刺耳的朴实的说法,那样也许会让人们认为我有城府，所以我反省自己，言辞应该稍加斟酌。

十五六岁的少年，在操纵这种与年龄不符的意识时，最容易犯的错误就是，认为自己比其他少年更加意志坚定、行为稳重，因而能够控制意识。实际上并非如此。只是我的不安、不确定感比任何人都更早地要求意识上的制约。我的意识只不过是错乱的道具，我的操纵只不过是不确定的猜测估量。根据斯蒂芬·茨威格①的定义，"所谓恶魔的特性是与生俱来的，它存在于所有人的内心，迫使人突破自己、超越自己，最终走向无限的不安定"。而且它还是"犹如自然从它过去的混沌中，将某种无法排除的不安定的部分留在了我们的灵魂当中"，这种不安定的部分带来了紧迫感，"要向超人类、超感觉的要素还原"。意识只具有解释说明的作用，在这种情况下，人不需要意识也是理所当然的。

尽管我从女售票员身上丝毫没有感受到肉体的魅惑，只是在纯属类推和之前说的斟酌言辞之下有意识地说出的话，使朋友们吃惊，让他们羞红了脸。而他们通过青春期敏感的联想能力，甚至从我的话中感受到了些许肉欲的刺激。看到这些，我理所当然地涌现出一种不良的优越感。然而我的心并没有就此停止，这次轮到我上当受骗了。优越感的醒悟方式发生了偏移，途径是这样的：优越感中的一部分变得自负，认为自己比别人强而自我陶醉。尽管其他部分还没有醒悟，但陶醉的

---

① 斯蒂芬·茨威格（1881—1942），奥地利小说家、诗人、剧作家、传记作家。希特勒政权成立后，流亡英国、美国、巴西，最后与第二任妻子一同自杀。"所谓恶魔的特性是……"引自《与魔神的斗争》（1925），该书是评论弗里德里希·荷尔德林和尼采等的浪漫主义艺术宿命的评传。

这一部分比其他部分更早地醒悟过来，醒悟的意识更早地犯下算计一切的错误。因此，"比别人强"的自我陶醉，被修正为"不，我也跟大家一样"的谦虚态度。这是因为算计失误，才敷衍说"可不是嘛，在所有方面我跟大家都是一样的"（尚未醒悟的部分使这个敷衍成为可能，并支持它）。最终推导出"大家都如此"的狂妄结论。只是作为错乱道具的意识在此发挥了巨大作用，由此完成了自我暗示。这个自我暗示，这个非理性的、愚蠢的、虚伪的、连我自身都清楚意识到欺骗性的自我暗示，从这时起占据了我的生活至少百分之九十，不禁让我觉得没有人会像我这样如此经受不起附身现象。

读到这里的人大概也明白，我能够对公共汽车女售票员说出带有些许肉欲的话，仅仅只是出于单纯的理由。只有一点是我没有注意到的，那真正单纯的理由正是我对于女性不具有像其他少年那种先天的羞耻感，仅此而已。

为了避免有人指责我只是用现在的想法去分析当时的我，我摘抄一节我在十六岁时写下的文章。

　　……陵太郎毫不犹豫地加入了陌生的朋友当中。他尽量愉快地活动——或者是表现给别人看的活动。他相信通过这种愉快的活动，能够将无缘由的忧虑和倦怠抑制住。信仰的最佳要素——盲信，将他置于白热化的静止状态中。在参与无聊的玩笑和胡闹的同时，不断地想着……"我现在既不孤独又不无聊"。他将此称为"忘记了忧愁"。身边的人一直因为疑问而烦恼着。自己幸福吗？这样快活吗？仿佛疑问才是最为实际的事实,才是幸福的正当形式。然而,陵太郎自己将其定义为"是快活的",并确信如此。按照这个顺序,每个人的心都向着他所谓的"确实的快活"倾斜。最终,那隐约存在的真实被牢牢地锁在了虚伪的机器中。机器开始剧烈运转。人们并未察觉自己正置身于'自己伪造的房间'当中……

——机器开始剧烈地运转……

机器剧烈运转了吗?

少年时期的缺点就是,相信如果将恶魔英雄化,恶魔就会满足自己。

不论如何,我向人生出发的时刻即将到来。关于这趟人生之旅,我的预备知识是,众多小说、一本性知识全书、朋友传阅的淫秽书刊、野外训练时每天晚上从朋友那听来的天真无邪的下流故事……大概就是这些。灼烧般的好奇心是比这些更为忠实的旅伴。这出门的架势,只要决心当一台"虚伪的机器"就完美了。

我细致地研究了很多小说,调查了像我这般年纪的人是如何感受人生,如何与自己对话的。我没有过住校生活,没有参加过体育社团,再加上学校里装模作样的人很多,过了玩之前说过的无意识的"下流游戏"的时期后,几乎无人谈及低级下流的话题。而且因为非常腼腆,我很难推测每个人对这种事情的真实想法。所以只能从一般原则上,对于"与我同龄的男孩"在独处时有什么感觉进行推测。那灼烧般的好奇心,在我们同样经历的青春期当中似乎都会光顾我们。到达这个时期时，少年们就光想着女人，脸上长出粉刺，成天头脑发热写一些甜蜜蜜的诗。关于性的研究书籍中反复叙述手淫的危害。而自从看到某本书上写着手淫没什么大不了的危害，请放心，他们似乎此后便会热衷于手淫。在这一点上，我跟他们是完全一样的。只是这个恶习的心理对象却存在明显差异，我却自我欺骗，对此置之不理。

首先，他们对"女人"这个词似乎会感到特别的兴奋。只要"女人"这个词在他们心头一闪，他们就会脸红。而我对"女人"这个词，从感官上来说就如同看到铅笔、汽车、扫帚这些词一样。这种联想能力的缺乏，有时弄得我跟朋友聊天时像个傻子，就像上次说到片仓母亲时一样。他们认为我是个诗人。而我并不想让他们认为我是诗人（因为听说诗人就是被女人甩掉的一类人），所以为了迎合他们说的话，我人为地陶冶了联想能力。

我并不知道，他们与我不仅是内在感觉，在不外露的表现方面也存在着显著的差别。那就是他们在看到女人的裸体照片时会马上生理兴奋，只有我不会。能促使我生理兴奋的对象，伊奥尼亚型①青年的裸体像却不能引起他们生理兴奋。

我在第二章中特意详细描述了生理兴奋，就是与此事相关。之所以这么做，是因为我的自我欺骗由于在这方面的无知而有所促进。在所有小说中，关于接吻的场面都省略了对男人生理兴奋的描写。那是理所当然的，没有描写的必要。在性研究书籍中，连接吻时所引起的生理兴奋也被省略了。我读到的

---

① 伊奥尼亚型，伊奥尼亚型人的形象优雅纤细，具有女性特质，与古代雕刻中具有男性特质的多里斯形象形成鲜明对比。

是，生理兴奋是在肉体交媾前，或者通过描绘那种幻觉而引起的。我不禁认为即使没有任何欲望，在那种情况下，突然——简直就像来自天外的灵感，我也会生理兴奋。内心的百分之十在低声念道："不，也许只有我不会。"那成了我种种不安的表现。我在进行恶习时，心中浮现过女人的某一个部分吗？哪怕一次也好，哪怕是试验性的。

我没有做过那样的试验。我没有那么做只是出于我的懒惰！

最终，我对于除了我之外的少年每夜的梦一无所知。他们梦见昨天在街角瞥见的女人们一个个变成裸体走来走去。在少年们的梦里，女人的乳房就像夜晚的海中漂浮游荡的美丽的水母。女人的宝贵部分，张开湿润的唇，成百上千遍地唱出海妖①的歌声……

是因为懒惰吗？也许是因为懒惰吧？我对此持有疑问。我对人生的勤勉全部来自此。我的勤勉归根到底都被用作这个懒惰的辩护，充当为了懒惰而懒惰的安全保障。

首先，要给我关于女人的记忆编上号码。无奈却少得可怜。

那是在我十四或十五岁时发生的一件事。父亲去大阪赴任的那一天，在东京站为父亲送行回到家时，几个亲戚来到我家。他们一行人跟随母亲、弟弟和妹妹一起来到我家玩。其中就有堂姐澄子，她二十岁左右，还没有结婚。

她的门牙稍微有点龅。她的牙齿洁白而美丽，笑的时候门牙

---

① 海妖，希腊神话中半人半鱼的海妖。用美丽的声音魅惑渔夫，致使船只遇难。

就会闪闪发亮，不禁让人觉得是为了突显其中两三颗牙齿而故意那么做的。那稍微有点龅的牙给她的笑，增添了几分难以形容的魅力。龅牙的不协调就像是一滴香料，滴落到容貌和肢体的柔和与美感的协调当中，加强了这种协调，给那种美加以点缀。

如果爱这个词不准确的话，那我对这位从堂姐就是"喜欢"。从孩提时起，我就喜欢远远地看着她。当她在罗纱上刺绣时，我就呆呆地坐在她旁边，一坐就是一个多小时，什么也不干。

伯母她们进了里屋之后，我和澄子并排坐在客厅的椅子上，默默无语。送行的忙乱使我们的头脑乱哄哄的，我不知怎的感到疲惫不堪。

"啊，好累啊。"

她稍稍打了一个哈欠，像念咒语似的，用雪白的手指挡住了嘴巴，并懒洋洋地轻轻敲了两三下。

"你不累吗？小公子。"

也不知道为何，澄子用两个袖子盖住脸，把脸沉甸甸地枕在她身旁的我的腿上。然后慢悠悠地把脸整个向上转，就这么待了一会儿。我的制服裤子被当作枕头，使我荣幸得颤抖。她的香水和香粉的气味令我惊慌失措。澄子睁着疲惫而又清澈的眼睛一动不动，看着她的侧脸，我感到很困惑。

就只有这些，但我始终记得在我的腿上短暂存在的奢侈的重量。并非肉感，而是非常奢侈的喜悦，像是勋章的重量。

在往返学校的公共汽车上，我经常碰到一个贫血体质的小姐。她的冷漠引起了我的注意。她总是一副百无聊赖、厌倦一切的样子看着窗外，僵硬的嘴唇微微凸起，非常显眼。我不由得觉得没有她在的公交车有些美中不足。不知何时起，我期待着上车下车时能见到她。我思考着，这难道是爱恋吗？

我完全不知道爱恋和性欲是如何联系起来的，那时我怎么也搞不懂。当然，那时的我肯定不会将近江给予我的恶魔般的魅惑，称之为爱恋。那时的我，对在公共汽车上遇到的少女那朦胧的感情认为是爱，但同时我也被头发油光锃亮的年轻粗野的公共汽车司机所吸引。无知并没有迫使我解释矛盾，我看年轻司机的侧脸时，视线中有一种难以回避的、令人窒息的、痛苦的压力。但是，在我隐隐约约看向贫血小姐的目光中，感到一种刻意的、人为的、容易疲惫的东西。我虽然没有弄清楚两种目光之间的关联，但这两种目光在我的心中相安无事、和平共处。

作为那种年纪的少年，我看上去过分缺乏"洁癖"的特性，也可以说是我看上去缺乏"精神"的才能。如果说这些是因为我过分强烈的好奇心，导致我对伦理毫不关心，这姑且能说得通。但这种好奇心就像是久病缠身的病人，对外界绝望的憧憬，一方面与不可能的确信紧紧地结合在一起。这半无意识的确信与半无意识的绝望，使我的希望充满生机，甚至错看成一种奢望。

我虽然年纪尚轻，却不知在自己心中培养一种柏拉图式的观念，这是不幸吗？世上通常的不幸对我而言有什么意义呢？对于肉感莫大的不安，使得肉欲成了我的固定观念。我熟练地让自己相信，与求知欲相差无几的纯粹的精神上的好奇心，"这才是肉欲"。我也熟练地欺骗自己，就像自己真的有一颗淫荡的心，使我学会了像大人、行家似的装腔作势的态度，摆出一副烦透了女人的面孔。

然后，接吻成了我的固定观念。接吻这一行为，其实质只不过是我寻求精神寄托的某种表象。现在的我可以这样说，而当时的我过于相信这种欲求就是肉欲，因而不得不费尽心思地进行各种形式的心灵伪装。对于原本面目的歪曲，使我在无意识中感到内疚，并执着地煽动着自己进行有意识的表演。但回过头来想，人能那么彻底地背叛自己的天性吗？哪怕只是一瞬间。

如果不这么想，就难以解释希望得到不欲求的东西，这种心态，实在不可思议是吧？不想得到自己所欲求的东西，如果我处于这种正人君子的反面，应该会抱着更加不道德的欲求吧。这个欲求未免可爱过头了吧？我将自己完全伪装，彻头彻尾地作为旧习俗的俘虏而行动吗？对此的玩味，成为后来我不能忽视的任务。

——战争一爆发，伪善的禁欲主义风靡了整个国家。高中也不例外。我们从进入初中时起就抱着"把头发留长点"的愿望，当然这个愿望进了高中后也没能实现。漂亮袜子的流行已成过去。军训时间过分延长，还进行了各种愚蠢的改革尝试。

然而，我们学校虚有其表的形式主义的传统校风向来巧妙，所以我们在学校时没有感觉到特别受约束。配属军校的上校是个开明的男人，还有因一口东北腔调被起绰号为"东北特"的旧制特务陆军上士N准尉，同僚"混蛋特"，长着狮子鼻的"鼻子特"，他们都熟悉校风，做事分寸把握得当。校长是具有女人性格的老海军上将，他以宫内厅[①]为靠山，态度含糊地推行无伤大雅的渐进主义，以确保他的地位。

这期间，我学会了抽烟喝酒，但其实都是做做样子。战争

---

① 宫内厅，协助皇室的机关。

奇妙地教给我们伤感的成长方式。那就是以二十几岁时为分割，以此为前提考虑人生。对于将来的事情完全不考虑。这不由得让我们觉得人生无足轻重。刚好在二十多岁时为界划分的生命的咸水湖，盐分被一下加重，轻易地漂浮在上面。只要落幕的时刻不太早，演给我自己看的假面戏，就能更卖力地演出。人生之旅，总想着明日再启程，明日再启程，便可一天推一天。几年过去了，完全没有要启程的迹象。难道这个时代于我而言，不正是唯一的愉快的时代吗？即使怀着不安，那也只是隐约模糊的。我还拥有希望，总能在未知的蓝天下眺望明日。旅途的幻想、冒险的梦想、有朝一日长大成人的肖像、尚未谋面的新娘的肖像、对名声的期待……这些东西就像旅行指南手册、毛巾、牙刷、牙膏、换洗的衬衫和袜子、领带、香皂等东西一样，被整齐地放在等待旅行的手提箱中。在那样的时代，对我而言，连战争都有着如同孩子般的欢喜。我真心相信，即使中弹我也不觉得疼痛。这过分的梦想，此时也丝毫没有减弱。就连对自己的死的预想，也因为那未知的喜悦而令我颤抖。我感觉我拥有了一切。大概是吧。准备旅行时的忙碌，使我们完完全全地拥有了旅行。之后的任务就只剩下破坏它罢了。旅行完全就是一件徒劳的事。

不久，关于接吻的固定观念就固定在一个嘴唇上。那只是出于将空想条理清晰地展示出来的动机吗？既非欲望也非其他，正如我之前所说，我只是胡乱地想要相信那就是欲望。也就是，我无论如何也愿意相信那就是欲望的这种不合逻辑的欲望，我错认为是本来的欲望。这并非自发的强烈的不可能的欲望，与世人的那种性欲，即由他们自发产生的欲望，混淆在一起。

那时候，我有一个虽话不投机却能亲密交往的朋友。那是我的同学，他名叫额田，性格轻佻。他为了询问初级德语的各种疑问，把我当作一个易于沟通交往的对象。凡事都是三分钟热情的我，在初级德语阶段被认为是优等生。被贴上优等生（这么说有点神学学生的味道）标签的我，内心是多么厌恶这个标签（但除此之外也找不到其他对我的安全保障有用的标签了），我是多么渴望"恶名"啊，或许额田已经在直觉上看透我了，他的友情中带着迎合我的弱点的意味。他因为嫉妒而被硬汉们敌视，从他那里似有似无地传来关于女人世界的消息，就像灵媒进行冥界信息传递一样。

最初来自女人世界的灵媒是近江。但那时的我比现在更像我自己，因此我把作为灵媒的近江的特性当作他的一种美，由此感到满足。然而额田作为灵媒的作用，形成了我的好奇心的超自然的框架。原因之一是，额田一点也不美。

所谓"一个嘴唇"，就是去额田家玩的时候看到的他姐姐的嘴唇。

这位二十四岁的美人简单地把我当作小孩看待。看着围着她团团转的男人们，我发现了自己不具备吸引女人的特点。那就是，我无论如何也无法成为近江。但回过头来一想，我明白了我想要成为近江的愿望实际上是因为我对近江的爱。

由此，我确信自己爱上了额田的姐姐。我完全像跟我同龄的不成熟的高中生那样，在她家周围徘徊游荡；泡在她家门前的书店里，等待着她从门前经过的时机；抱着靠垫幻想着抱着女人的感觉；还画了很多她的嘴唇的图画；痛不欲生地进行自问自答。这些都是什么呢？这些人为的努力给内心一种异常麻木的疲惫感。我不断地对自己说自己是爱着她的，在这种不自然的表现中,我发现了内心的真实,并用恶意的疲惫加以抵抗。这种精神的疲惫中有剧毒,在内心进行人为努力的间隙,一种令人畏缩的空白向我袭来。为了逃脱这种空白,我又厚着脸皮走进另一种幻想。很快,我就振奋了精神,恢复了自我,向着异常的心象炽热燃烧。而且这个火焰被抽象化残留在心中,仿佛这种热情是为了她而存在,之后才牵强地加上注释。——然后我又一次欺骗自己。

如果有人指责我到目前为止的叙述过于概念化,有失抽象性。我只能回答说,我无意对正常人的青春期肖像以及在旁观者看来别无二致的表象进行啰里啰唆的描写。如果将我心中见不得人的部分去除,我与正常人在一段时期内从外到内都是一样的,此时的我与他们完全相同。大家可以想象,我就是个好奇心很平常,对人生的欲望也很平常,只是大概由于过分贪图内省而思前想后,动不动就脸红,对自己的容貌也没有能讨女人青睐的自信,只知道一个劲地啃书本,成绩还可以的未满二十岁的学生。还可以想象一下,这个学生是如何思慕女人,是如何内心焦虑,是如何空虚烦闷的。再没有比这更容易,而且缺乏魅力的想象了。我省略对这些想象的无聊描写也是理所当然的。性格内向的学生的一段毫无生机活力的时期,我也别无二致。我发誓我绝对忠诚于导演。

这段时期,我把对于比我年长的青年的心思,慢慢转移到比我年少的少年身上。那自然是因为比我年少的少年正是那时近江的年龄。这种爱的转移,也与爱的性质相关。尽管依然还是隐藏在内心的心思,但我在野蛮的爱之中加上了高雅的爱,那是类似于家长的爱。对于少年的爱，是我在自然成长过程中萌生出来的。

赫希菲尔德对性倒错者进行分类，将只迷恋成年同性的一类叫作androphils，将迷恋少年及少年与青年之间年龄的一类叫作ephebophils。我正在试着理解ephebophils。Ephebe是指古希腊的青年，意思是18岁至20岁的壮丁。其词源来自宙斯与赫拉的女儿，不死的赫拉克勒斯的妻子海贝。女神海贝是为奥林匹斯诸神斟酒的酒司，是青春的象征。

有一个刚刚进入高中的十八岁美少年。那是一个嘴唇柔美透白、眉毛平缓的少年。他的名字叫八云，我倾慕于他的容貌。

然而，我在他完全不知情的情况下，获得了他给予的快乐。由最高年级的各班班长，每周轮流一次喊晨礼的口令，包括早操和午后操练（高中的一项活动：先是三十分钟的海军体操，然后扛着锄头去挖防空壕或锄草），我每隔四周就喊一周的口令。夏天一到，这个规矩严格的学校，不知是否也迫于当时的流行趋势，早操和午后海军体操时也要求学生们半裸上身。班长站在台上喊晨礼口令，晨礼结束后，发出"脱掉上衣！"的口令。大家脱完后，班长从台上下来，向站到台上的体操老师回复"敬礼！"的口令。之后跑到班级的最后一列，自己也半裸着身体做体操。体操结束时由老师发口令，班长的任务到此结束。我很害怕喊口令，一喊口令就会全身瑟瑟发抖。但那种军队式的刻板做法，却正合我意。我暗暗地等待着我轮值的一周。那是因为托这种做法的福，我能看到八云的身姿，而且既不用担心我瘦弱的裸体被八云看到，同时我又能看到他半裸的身体。

八云一般都站在紧挨着口令台的最前排或者第二排。这个雅辛托斯①的脸很容易红。看到他跑来排队做晨礼时那气喘吁吁的样子，我心情愉悦。他经常喘着粗气，动作粗暴地解开上衣的扣子，然后把衬衫的下摆从裤子里拽出来。我站在口令台上，即便想不看，但也无法移开向他若无其事地裸露着的白皙光滑的上半身的眼神。所以当朋友不经意说我，"你发口令的时候眼睛总是朝下看，你就那么胆小吗？"我不由得打了个寒战。但是，我依然得不到接近他那蔷薇色半裸身体的机会。

夏天时，高中全体学生曾到M市的海军机关学校参观一周。那天的游泳课时，大家都跳进了游泳池。不会游泳的我以闹肚子为借口在一旁观看。可一个大尉声称日光浴是万病之药，搞得我们病人也得半裸着身体。我在病人群中发现了八云的身影。他紧紧地抱着白皙的胳膊，被微微晒黑的胸脯袒露在微风中。洁白的门牙像是在玩弄下嘴唇一般紧咬不放。自称病人的参观者们，在游泳池周围的树荫下聚成一堆，我接近他并不难。我观察着他柔韧的身体四周，凝视着他静静地随呼吸起伏的腹部，不禁想到了惠特曼的诗句。

　　……青年们仰面浮着，
　　雪白的肚子在阳光下隆起。

——但是这一次，我没对他说一句话。我为自己贫瘠的胸脯和瘦弱苍白的胳膊感到羞耻。

---

① 雅辛托斯，希腊神话中的美少年。其身为斯巴达王子得到了太阳神阿波罗的喜爱，然而却遭到了风之诸神阿涅摩伊的嫉妒，阿涅摩伊投向阿波罗的圆盘打偏击中了少年的额头。阿波罗对他的死悲痛不已，将他的血变成了风信子的花。

079

昭和十九年①，就是战争结束的前一年的九月，我从自幼一直就读的学校毕业，进入了某大学。父亲不容分说地强迫我选择了法律专业。但我并没有感到太过沮丧，因为我确信自己在不久的将来会被拉去当兵并战死沙场，一家人也因为空袭而全部死光。

借衣服在当时是普遍的做法。一个我入学时正好要出征的学长，把大学制服借给了我，并说好到我出征时把衣服送还给他家，我就穿着这制服上了大学。

虽然比任何人都害怕空袭，但同时我又怀着美好的期待等待着死亡。就像我反复说过的，未来对于我而言是个沉重的负担。人生从一开始就用义务观念束缚着我。虽然知道我不可能履行义务，但人生会以我不履行义务为由对我百般折磨。对于这样的人生，我若用死让其扑个空，岂不痛快。我在官能上与战争中流行的死的教义产生了共鸣，假如我"为了名誉而战死"（尽管这与我的形象相去甚远），那将是多么讽刺性地结束我的一生，我在九泉之下就会有不尽的笑料。这样的我，一听到警报是第一个逃到防空壕中去的。

……我听到了难听的钢琴声。

那是在马上要作为特别干部候补生入伍的朋友家里。这位叫草野的朋友，是我在高中时期能够一起探讨精神问题的唯一的朋友，也是我非常珍视的朋友。我这种人不敢奢望交朋友，接下来的叙述有可能会伤害我这份唯一的友情，我感到迫使自己说出这些话的内心是多么的凄惨。

---

① 昭和十九年，即1944年。

"那琴弹得好听吗？一点都不连贯。"

"是我妹妹在弹。老师刚才回去了，她在练习呢。"

我们停止了对话，再次竖起了耳朵。因为草野马上就要入伍，也许他听到的不是隔壁房间的钢琴声，而是不久之后他不得不离开的"日常"，一种蹩脚的令人烦躁的美。那钢琴的音色中有一种亲切感，就像照着笔记做失败了的点心。我忍不住问道：

"几岁了？"

"十八。她是我下边的妹妹。"草野答道。

——越听越觉得这是十八岁、爱幻想、尚不知自己的美、指尖残留着稚嫩的琴声。我希望这琴声一直持续下去。我如愿以偿了。自那时起到五年后的今天，那琴声依然在我的心中回荡。有多少次，我都想要相信那是个错觉。有多少次，我的理性嘲笑着这个错觉。又有多少次，我的懦弱嘲笑着我的自我欺骗。尽管如此，那琴声支配着我。如果宿命这个词语能减少一些令人不快的意味，那么这个琴声正是我的宿命。

我记得在此之前不久，在一种异样的感受中，我理解了宿命这个词语。在高中毕业典礼之后，我随老海军上将校长前往皇宫谨表谢意。在汽车上，这个两眼眼屎、面色阴郁的老人，指责我执意应召普通士兵而非申报特别干部候补生志愿。并坚持说我的身体根本无法承受士兵的生活。

"我已经做好了思想准备。"

"你是因为不了解才那么说的。但是申报日期已过，现在说什么也于事无补了。这就是你的宿命。"

他把宿命这个英语单词用带着明治时代味儿的腔调发

出来。

"什么？"我反问道。

"宿命。这也是你的宿命。"

——他生怕他那婆婆妈妈的情绪被发觉，用老人特有的对羞耻漠不关心的口吻，单调地重复着。

我以前在草野家也一定见过那个弹钢琴的少女。与额田家正好相反，清教徒式的草野的家庭中的三个妹妹总是腼腆一笑就躲起来了。草野入伍的时间一天天临近，我和他在交替相互拜访依依惜别。钢琴的琴声使我在对待他妹妹时，变成了一个笨拙的人。听到那琴声之后，我仿佛听出了她的秘密，再也不能从正面瞧她的脸，主动与她攀谈。偶尔她端茶送来，我眼前只能看到活动灵巧敏捷的腿。或许是由于流行穿缩口裤和西裤，女人的腿难得一见。眼前的这双腿，美得让我感动。

——这般描写，人们认为我从她的腿感受到了肉感，那也是没有办法的事。虽然事实并非如此。我再三声明，我对异性缺乏肉感的主观感受。最好的证据就是，我没有想看女人裸体的欲望。于是，我认真地思考对女人的爱，每当那令人厌烦的疲惫在心中蔓延，妨碍着我进行"认真的思考"，我便认为自己的理性占了上风而沾沾自喜。我将自己冷漠的不持久的性情，比作男人玩腻了女人后的情绪，以此满足意欲装作大人般卖弄的虚荣心。这样的心理活动，就像糖果铺里投进十块钱硬币就会吐出糖果的机器，已经在我心中固定下来。

我认为那是男人对女人无欲无求的爱。这或许是人类历史上最荒唐的企图。我自己还未意识到这一点（说大话是我的秉性，请原谅），还企图成为爱之教义的哥白尼。因此，我在不知不觉中自然而然地信奉起柏拉图式的观念。这也许看上去与之前叙述的有矛盾，但我是由衷地忠实而纯粹地信奉它。或许我信奉的不是这个对象，而是纯粹本身？我发誓要忠诚的不就是这纯粹性吗？这是后话了。

有时候我看上去显得不相信柏拉图式的观念，这是由于我的头脑总是倾向于我所缺乏的肉欲观念，以及我人为的疲惫时常干预着我想装成大人样而获得病态的满足，可以说，皆源于我的不安。

战争的最后一年，那年我二十一岁。刚过完新年，我的大学被动员来到M市附近的N飞机工厂。八成的学生当工人，剩下二成体弱的学生从事事务性工作。我属于后者。可是在去年的体检中，我被宣告为第二乙类合格，我担心这一两天就会收到入伍的令状。

在这个尘土飞扬的荒凉之地，一个仅横穿厂区就需要三十分钟的巨型工厂中，数千名工人在劳作。我也是其中一员，四四零九班，第九五三号非正式工人。这个大工厂建立在一种不考虑资金回收的神秘的生产经费之上，向一个庞大的虚无做贡献。每天早晨进行的神秘的宣誓也是有缘故的。我从未见过这样不可思议的工厂。现代的科学技术、现代的经营方法、大量的优秀头脑的精密合理的思维，全部奉献于一个东西——"死亡"。这个工厂专用于生产特工队所用零式战斗机[①]，它自身就像一个在轰鸣、呻吟、哭喊、怒号的黑暗宗教。如果没有某种宗教式的夸张，就不可能有如此庞大的机构。甚至连担

---

① 零式战斗机，旧日本海军战斗机，昭和十二年由三菱重工设计，广泛使用直至太平洋战争结束。初期阶段发挥了轻型战斗机的特征取得战果，后期多被用作为特攻战斗机。

任要职者中饱私囊也带有宗教色彩。

有一次，空袭警报响起，向人们宣告着这个邪恶宗教的黑弥撒时刻。

办公室里开始紧张起来，"情报咋办？"这类的土话都出来了。这个房间里没有收音机，所长室旁的女生进来紧急报告："有数个敌军编队。"就在这时，扩音器里传来浑厚的声音，命令女学生和国民学校的儿童进行躲避。救护人员在发放印刷着"止血某时某分"的红色标签样的东西。如果负伤，将止血时间写在这个标签上挂在胸前。警报响了之后约莫不到十分钟，扩音器通告"全员躲避"。

事务人员抱着装有重要文件的箱子匆忙赶往地下保险库，把文件藏好后争先恐后地跑到地面上，加入横穿广场向远处跑的身穿铁甲、头戴防空盔帽的人群当中。人群朝着正门奔流而去。正门外是一片荒凉的光秃秃的黄土地。在七八百米开外平缓起伏的山丘上的松林里，挖出了无数个掩体壕沟。在飞扬的尘土中，一群沉默、心急如焚、盲从的人群被分成两个纵队，不是向着"死亡"，而是向着容易崩塌的红土洞穴，总之不是向着"死亡"奔去。

休息日，我偶然回到家中，晚上十一点收到了征兵通知书。要求我二月十五日入伍。

像我这样体格孱弱的人在城市里并不少见，而在籍贯所在地的农村接受检查，或许我孱弱的体格会显得突出而不会被招录。在父亲的指点下，我在近畿地区的籍贯所在地H县接受了体检。农村的青年们毫不费力就能举起十次的米袋，我却没法举到胸前，因此被体检官耻笑。尽管如此，我还是得到了第二乙类合格，如今收到了征兵通知书，不得不加入农村人组成的粗野部队中。母亲伤心哭泣，父亲也垂头丧气。收到通知书后，就连我也提不起精神，但另一方面，我期待着自己能够壮烈死去，所以觉得怎么着都无所谓。然而，在工厂时染上的感冒，在前往军队的火车上发作了。在踏上祖父破产之后寸土地不剩的故乡，抵达关系亲近的熟人家里后，高烧竟让我站不起来。由于熟人家的细心照料，特别是喝下的大量退烧药发挥了药效，我还算是气势高昂地被送进了军营大门。

被药压制住的体热高烧再次发作。在入伍体检时，被要求如野兽一般身体全裸。我光着身子打了好几次喷嚏。新手军医把我支气管发出的呼呼声错听成肺炎时呼吸道发出的声音，并且这个误诊又被我信口胡说的症状所证实，因此被要求查血沉。感冒高烧致使血沉偏高，最终确诊为浸润型肺结核，命令我即日返乡。

一出军营大门，我撒腿就跑。冬日里荒凉的坡道向村子的方向延伸下去。就像在飞机工厂里时那样，我的双脚不是向着"死亡"，向着罕见的非"死亡"的方向飞奔而去。

……我躲避着从夜行列车的玻璃裂缝处吹进来的风，发烧引起的恶寒和头疼侵扰着我。我问自己到底要回到哪里去？是回到因父亲的优柔寡断，至今没有疏散避难而惴惴不安的东京的家？回到包围那个家的、黑暗的不安弥漫的城市？回到瞪着家禽一样的眼睛，相互间询问"没事吧，没事吧"的人群中？还是回到全是得了肺病的大学生们没有丝毫抵抗表情聚集在一起的飞机工厂的宿舍？

我倚靠着的椅子靠背，松动的木板接缝随着列车的震动晃得直响。此时，我闭上眼睛想象着我和家人遭遇空袭全家丧生的情景。一种难以描述的厌恶感随之产生。日常与死亡的相互关联，从未让我感受到如此奇妙的厌恶。猫不也是临死前躲藏起来，不让别人看到自己死时的样子吗？我看到了家人凄惨的死状，也被家人们看到了我的死状，关于这些的想象，光是想想都令我作呕。一想到全家遭遇死亡这一相同条件，濒死的父母、儿子和女儿共同经历着死亡而面面相觑，我就只能认为那是全家团圆、其乐融融的情景的一种可恶的翻版。我想在其他人当中壮烈地死去，这与希望在朗朗晴空下死去的埃阿斯①的希腊式心情有所不同。我所追求的是自然的自杀。我还想像一只不够狡猾的狐狸，在山脚下悠然行走时，由于自己的无知被猎人射死。

——难道军队不是最理想的吗？我不正是寄希望于军队吗？是什么让我那么认真地对军医撒谎，说自己持续了半年发低烧，肩膀僵硬得不行，还咳出血痰，昨晚睡觉时汗湿了全身（那是当然的，是因为吃了阿司匹林的缘故）？当被宣告即日返乡时，是什么让我感觉到了努力抑制笑容需花费的力气。是什么让我一迈出军营大门就开始奔跑？我的希望遭到了背叛吗？我垂头丧气、腿脚无力、步履蹒跚是因为什么呢？

正因为清清楚楚地知道，军队意味着"死"，前方并不存在值得让我从"死"逃离的生。我并不清楚让我从军营大门跑出来的力量源泉何在。我想要活下去，不是吗？以极其无意识地、急匆匆地跑进防空壕那一瞬间的求生方式。

---

① 埃阿斯，古希腊神话的人物。曾参加特洛伊战争，立下赫赫战功。阿喀琉斯死后，在与奥德修斯争夺其武器盔甲中失利，羞愤而死。

突然，另外一个声音说，我一次也没有想到过死。这句话解开了羞耻的疙瘩。虽然难以启齿，但我理解了。我对军队寄予的希望就是为了死——这只是个谎言。我对于军队生活抱着某种官能的期待，而且使这种期待持续下去的力量，只是任何人都抱有的对原始巫术的确信，认为自己决不会死的确信罢了……

……但是这个想法对我来说并非一件好事。我宁愿认为自己是被"死"抛弃的人。我想要像外科医生做内脏手术一样，集中微妙的神经，客气地凝视着一个想死的人被死拒绝的奇妙的痛苦。我甚至觉得，这种内心的愉悦简直达到了邪恶的程度。

由于校方和飞机工厂之间出现矛盾，大学计划让学生二月份结束后全体撤回，三月份复课一个月，四月份再安排我们去其他工厂。二月末有近千辆小型飞机来袭。三月份的课程有名无实。

如此，正值战争最激烈之际，我们得到了毫无用处的一个月假期，就像得到了受潮了的烟花。但是比起得到一袋多余的干面包，这份潮湿的烟花礼物更令我开心。因为这才真正是大学给我们的疏忽大意的礼物。——在这个时代，毫无用处本身就是了不起的礼物呢。

我的感冒好了，几天后接到了草野母亲打来的电话。她说驻扎在M市附近的草野所在的部队，三月十日允许第一次会面，问我要不要一起去。

我答应了，并很快拜访草野家商量此事。一般认为从傍晚到晚上八点之间是最安全的时间段。草野家刚刚吃完晚饭。他的母亲是个寡妇。他的母亲和三个妹妹招待我在被炉坐下。他的母亲向我介绍了那个弹钢琴的少女，她叫园子。因为她与钢琴家I夫人同名，我就当时听到的琴声，略带揶揄地开了几个玩笑。十九岁的她在昏暗的遮光灯灯影下红了脸，默默不语。园子身穿一件红色皮革短上衣。

三月九日早晨，我在草野家附近的车站走廊等待着草野的家人。我仔细地看着隔着铁路的一家家店铺，因强制疏散而濒临垮塌的样子。早春清冽的空气被那新鲜的嘎吱嘎吱声撕裂。有些破裂的房子里，还能看见耀眼崭新的木纹。

早晨寒意尚存。这几天完全没有听到警报声。在此期间，空气被冲刷得愈发清新，显示出即将崩塌的征兆，细腻而又紧张。这空气，犹如挥指一弹就能奏出优雅回响的琴弦，能让人联想到音乐即将开始前短暂的充满丰饶虚无的寂静。月台上人影寥寥，就连洒落下来的清冷的阳光，似乎都因这音乐的预感而颤抖。

对面的台阶上，一个身穿蓝色外套的少女走了下来。她拉着小妹妹的手，领着妹妹一级台阶一级台阶地走下来。另一个十五六岁年龄稍大些的妹妹，等不及她们那慢条斯理的步伐，但又不急于自己先下来，于是故意沿着无人的楼梯z字形往下走。

园子好像还没有注意到我，但我却能清楚地看到她。我出生以来还从未对女性的美如此动心。我的心怦怦直跳，心情也随之爽朗。此般描述，恐怕从头读到此的读者难以相信。我对额田姐姐的人为的单相思，与这里的内心悸动似乎没有任何区别。我没有理由置那时的深刻剖析于不顾。如果是这样的话，写作这一行为从一开始就是徒劳。那么大家就会认为，我所写的东西仅仅只是我随心所欲的产物。为此，我只需要使内容前后相符就万事大吉了。可是，我记忆中的真实部分告诉我，现在的我与过去的我存在着一点差异，那就是悔恨。

园子下到最后两三级台阶时注意到了我。她笑了，在寒冷的空气中脸颊绯红。她的黑眼眸很大，眼睑略显沉重，略带睡意的眼睛顾盼生辉、含情脉脉。她把小妹妹交给十五六岁的妹妹，如光影摇曳般婀娜的身姿向我跑来。

我看到了向我奔来的这个早晨的来访者。她并非我从少年时代起生搬硬套所描写的肉欲属性的女人。如果是那样的话，我以虚情假意迎上去就好了。但令我感到困惑的是，我的直感使我发现了唯独从园子这里才可以发现的自己的另外的一种东西。这是一种自己无法与园子等值的深深的虔敬之感，而不是什么龌龊的自卑感。看着正向我一点点靠近的园子，一种无法抑制的悲哀向我袭来。这是前所未有的感情，是一种能动摇我存在根基的悲哀。以前，我只能以孩子般的好奇心和虚伪的肉感之间人为合成的感情来看待女人。从未有过像这样，第一眼就被如此深刻、无法形容、绝非伪装的悲哀动摇过内心。我意识到这是悔恨。然而，我有给予我悔恨资格的罪孽吗？难道说有什么先于罪孽的悔恨不成？这显然是个矛盾。是我生存本身的悔恨吗？难道是她的身影把这悔恨从我身上唤醒？或许，这正是罪孽的预感呢？

——园子已经不可抗拒地站在我面前。她看到我心不在焉，就把方才行了一半的鞠躬礼重新来了一遍。

"您久等了吧？母亲和祖母大人（她使用了奇怪的语法，脸红了）还没有准备好，可能会晚到一会儿。嗯，那就再等一会儿(接着她慎重起见重说一遍)。再多等一会儿,如果她们还不来,我们就一起先去U站,好吗?"她结结巴巴地说完这些之后,又长舒了一口气。园子个头不小,差不多到我的额头。她的上身极为优雅匀称,一双腿也很美。那张未施粉黛的稚嫩的圆脸,犹如不知化妆为何物的纯洁灵魂的肖像画。嘴唇略微有些裂痕,但也因此更显得鲜活生动。

随后,我们聊了几句可有可无的对话。我竭尽全力表现出愉快,竭尽全力表现出机智青年的样子。不过,我憎恨这样的自己。

电车好几次停在我们身旁,又发出沉闷的碾压声开走了。这个车站上下车的人并不多。电车的驶进驶出只是遮挡了照在我们身上的暖洋洋的阳光。但每当电车驶离时,重新照到我脸上的阳光的温暖使我战栗。如此充沛的阳光洒在身上,我的心中无所欲求。这让我强烈地感觉到某种不祥的预兆,像是几分钟后遭到空袭,我们被原地炸死之类不祥的预兆。我们此时的心态以为,我们连短暂的幸福也不配享受。反过来说,我们染上了视些许的幸福为恩宠的恶习。我和园子如此相对无语,在我的内心正是产生了这种效应。或许支配着园子的也正是这种力量。

由于园子的祖母和母亲迟迟不来,我们只好好登上随后来的电车,前往U站。

在U站熙熙攘攘的人群中,我们被前去与儿子会面的大庭先生叫住。他的儿子与草野同在一个部队。这位执意戴礼帽穿西服的中年银行家,领着一个与园子熟识的女儿。她的容貌与园子相比逊色了许多,不知为何这令我喜出望外。这是种什么样的感情呢?园子和她双手亲密地握在一起摇晃着。看着她们这般天真无邪的欢闹嬉戏，我发现了园子具备作为美的特权的平静的宽容，她之所以显得比实际年龄成熟也是因为这个。

列车上很空，我和园子偶然地面对面坐到了靠窗的位置。

大庭家加上女佣一行共三人。我们这边人员最终到齐后是六个人。如果九个人横向坐成一排的话，会多出一个人。

我自己也不知道为何暗自进行了以上快速的计算。园子好像也那么做了。我们俩面对面扑通一下坐下后相互间顽皮地笑了笑。

计算的困难默认了这个孤岛的存在。礼节上，园子的祖母和母亲必须要与大庭家的父亲和女儿相对而坐。园子的小妹妹毕竟还小，她迅速选择了一个既能看到妈妈又能看到窗外景色的位置。她的小姐姐也学着她那么做。因此，大庭家的女佣照看着两个早熟女孩的座位，简直就像运动场。破旧的椅子靠背，将她们七个人与我和园子隔离开来。

列车还没开动，大庭先生的滔滔不绝就压倒了一行人。那声音低沉的、女人般的饶舌，除了要求随声附和外，断然不给对方留下任何权利。透过椅背的缝隙都能知道，就连草野家的发言代表——心态年轻的祖母也被弄得目瞪口呆。祖母和母亲只是"嗯""嗯"两声，剩下就是在必要时笑一笑。大庭家的女儿则是一言不发。不久，列车开动了。

列车刚驶出车站，透过满是污垢的车窗玻璃，阳光洒落在凹凸不平的窗框，以及园子和我的膝盖上方的外套上。我和她竖起耳朵听着邻座的谈话，默默无语。有时，她的嘴角露出了微笑，她的笑很快也感染了我，我们便会目光相交。接着园子再次竖起耳朵听隔壁的声音，眼神变得灵动、顽皮，毫无顾忌地避开了我的视线。

"我死时也要以这身打扮死去。要是穿着国民服[①]扎着绑腿死去,死也死得不痛快,不是吗?我要让女儿穿裙子,不让她穿长裤,要死就让她死得像个女人,就算是做父母的慈悲心肠吧。"

"嗯,嗯。"

"话又说回来,您家要疏散行李时请跟我说。没有男人的家庭总有不便,有事就跟我说好了。"

"那真是不好意思。"

"我买下了T温泉的仓库,我们银行职员的行李也都送到那里去了。那里可以说是绝对安全的,钢琴啊什么的都可以放那里。"

"真是麻烦您啦。"

"话又说回来,令公子部队的队长据说是个好人,那真是太幸运了。听说我家儿子部队的队长,还从会面时带来的食物里抽油水。这跟大海的对面有什么区别。听说上次会面的第二天,队长就发生胃痉挛了呢。"

"是嘛,哈哈哈。"

——园子的嘴角又露出了笑容,但同时又有些局促,于是从手提包里拿出了一册文库本[②]的书。我有些不乐意了,但被那本书的书名所吸引。

"什么书?"

她微笑着,将翻开的书的背面,像扇子一样举到脸的前方

[①] 国民服,规定作为国民常用的服装。尤其在太平洋战争中规定了与军服类似的服装被广泛使用。

[②] 文库本,小开本平装书籍。

给我看。上面写着《水妖记》[①]后面的括弧内注有片假名写的读法。

——我感觉到后面的椅子有人站起来了。是园子的母亲。她好像是要制止小女儿在座位上又蹦又跳，并借此机会逃离大庭先生的喋喋不休。不仅如此，她还打算把吵闹的小女儿和早熟的小姐姐少女带到我们的座位来，说道：

"就让这两个吵闹鬼加入你们中间吧。"

园子的母亲是个优雅的美人。她温柔的谈吐和光彩耀人的微笑有时甚至让人感到心疼。从她说话时的微笑中，我看出了某种悲伤的不安。母亲一走，我和园子短暂地交换了一下眼神。我从胸前的口袋里掏出笔记本，撕下其中一页，用铅笔写道：

"你母亲不放心哦。"

"不放心什么？"

园子歪着头把脸伸过来。头发上散发着小孩子的气味。她读完纸片上的字后，脸红到了脖子，并低下了头。

"对吧？"

"哎呀，我……"

我们的目光再次相遇，达成了理解。我也感到了脸颊发烫。

"姐姐，那上面写了什么？"

小妹妹伸手要，园子赶紧把纸片藏起来。大妹妹似乎察觉了此番举动的含义，她气鼓鼓地表示不屑一顾。从她夸张声势

[①] 《水妖记》，德国浪漫派作家弗里德里希（1777—1843）的代表作。他是法国流亡贵族，基于日耳曼传说创作了众多骑士故事，该书描写了水妖和骑士的爱与死的故事。

地训斥小妹妹就能看出来。

我和园子反而因为这个契机，轻松地交谈起来。她说到了学校里的事情、读过的小说，还有哥哥的事情等。我很快把话题转移到一般性讨论中去，这是引诱术的第一步。我们的亲密交谈冷落了两个妹妹，她们又回到原先的座位上去了。随后，母亲带着为难的笑容，把这两个几乎不起作用的盯梢又送回了我们旁边。

当天夜晚，我们到达草野部队附近的M市的旅馆安顿下来时，已经临近睡觉时间了。我被安排跟大庭先生住一个房间。

房间里只有我们两个人，这位银行家开始披露他露骨的反战言论。到昭和二十年①春天时，大家一有机会就私下议论反战言论，我早就听腻了。他压低声音喋喋不休，说到银行融资客户的一家大型瓷器公司，以挽回战争损失为名义，只等着和平时期的到来，筹划进行大规模的家庭用瓷器生产；还说到似乎已经向苏联提出和平请求等，说起来没完没了。我很想静下来考虑些自己的事情。只见他那张摘下眼镜后略显浮肿的脸，消失在了台灯熄灭后的黑暗中，两三声天真的叹气声缓缓传遍被子的每个角落后，很快就呼呼睡去。我在感受着包裹着枕头的新毛巾扎着我发烫的脸的同时，陷入了沉思之中。

独自一人时，总有一种阴暗的焦虑威胁着我。今天早晨看到园子时，动摇我存在根基的悲哀，此时此刻又再次清晰地涌上心头。它大肆揭露了我今天一言一行、一举手一投足的虚伪。将这些断定为虚伪，并不比将全部的一切都臆测为虚

---

① 昭和二十年，即1945年。

伪更难受，所以将它更彻底地揭露出来对我来说易如反掌。在这种情况下，我对于所谓人类的根本条件、人心真实构造的执拗的不安，只会将我的内省导向无果的兜圈子罢了。其他青年会做何感想？正常人会有何感受？这种强迫观念反复催促着我，使我真切感受到的幸福碎片，瞬间消散得无影无踪。

之前所说的"表演"已经转化为我体内的一个部分。那已经不是表演了。我伪装成正常人的意识，侵蚀了我内在原有的正常状态。我不得不事事提醒自己：这只不过是伪装出来的正常哦。反过来说，我正在成为只相信赝品的人。这样看来，我那压根儿就喜爱把心理上对园子的接近当成赝品的感情，实际上很可能是"但愿它是真实之爱"的欲求，这一欲求或许已经戴着假面出场了。这样，我或许正变成一个连自己也否定不了自己的人。

——就在我终于迷迷糊糊即将入睡时，夜晚的空气中传来了一如往常的不祥而又令人迷惑的轰鸣声。

"不是警报声吗？"

我对银行家的警醒感到惊讶。

"不清楚。"

我含含糊糊地回答。警报声长久、微弱地持续着。

会面时间很早，大家六点钟都起床了。

"昨晚警报响了，是吧？"

"没有啊。"

在洗漱间早晨相互问候时，园子满脸认真地予以了否定。回到房间后，那成了妹妹们取笑园子的好素材。

"只有姐姐一个人不知道。真好笑。"

小妹妹也跟着起哄说。

"我也醒过来了,然后听到姐姐响亮的呼噜声。"

"对呀,我也听见了。姐姐猛烈的呼噜声让我差点没听见警报声。"

"口说无凭,拿出证据来。"当着我的面,园子逞强地说道,脸也涨红了。

"撒那么大的谎,以后可要小心了。"

我只有一个妹妹,所以我从小就羡慕有很多姐妹的热热闹闹的人家。这种半开玩笑的吵吵闹闹的姐妹斗嘴,在我看来,就是幸福的最鲜明的映像。这又再次唤醒了我的痛苦。

早饭时的话题始终围绕着昨晚的警报,这是进入三月份以来的首次警报。大家最终把结论归结于那只是警戒警报,并非空袭警报,所以应该没有发生什么大事。对我而言,无论怎样都无所谓。我不在家时,全家被烧光,父母兄妹全部丧命,那样也倒痛快利落。我并不认为这是多么残酷的幻想。凡是能够想象到的事情每天都会轻易地发生,这反而使我们的想象力匮乏。就比如关于全家丧生的想象,就比想象银座的商店里琳琅满目的洋酒瓶,银座的夜空下霓虹灯闪烁的景象要容易得多,只是就易而为罢了。这不费吹灰之力的想象力,无论它具有多么冷酷的相貌,都与内心的冷酷无关。那只不过是倦怠的、优柔寡断的精神表现之一。

与昨天晚上一个人时扮演的悲剧演员不同,走出旅馆时的我,很快装扮成了轻浮的骑士,要帮园子拿行李。我这么做是故意想在大家面前达到某种效果。这样一来,她对我的客气就可以解释为她是出于对祖母和母亲的忌惮。最终连她自己也势必被欺骗，她能够清晰地意识到与我的亲密程度，达到了让祖母和母亲忌惮的程度。这个小小的策略奏效了。把包交给我之后，她像是过意不去似的再没从我身旁离开。我时不时心怀疑惑地看向园子，明明有同龄的朋友在，却不跟她说话只跟我聊天。早春扬尘的迎面风，将园子近乎哀伤的纯洁娇嫩的声音吹散。我穿着大衣，通过肩部的上下运动，试了试园子提包的分量。正是这分量，勉勉强强地为我那盘踞在内心深处的、类似在逃犯内疚的东西做出辩护。——刚走到郊外，祖母就叫苦不迭。银行家返回车站，貌似使了些巧妙手段，不一会儿就为一行人雇来了两辆车。

"喂，好久不见。"

与草野握手时，我的手就像碰到了伊势虾的壳，令我招架不住。

"你的手……怎么了？"

"哦，吓一跳吧？"

他身上具有新兵特有的冷飕飕的惹人怜爱的气息。他把一双手伸到我面前，手上的皲裂和冻疮被油灰黏着，像极了虾的甲壳，令人痛心。而且，这是一双潮湿冰冷的手。

这双手给我的震慑，正是现实给予我的震慑。我对那样的手产生了本能的恐惧。事实上，令我感到恐惧的是，这双真实的手向我的内心告发、起诉的某种东西。那就是在这双手面前，一切都无可伪装的恐惧。想到这里，园子的存在某种意义上，成了我那软弱的良心在抵抗这双手时唯一的铠甲、唯一的连环甲①。我感觉到无论如何我都必须爱她。那成了横亘在我心底的本分,比从前心底的羞耻还要更深重……

被蒙在鼓里的草野天真无邪地说道:

"洗澡的时候,就用这双手搓,都不需要搓澡巾呢。"

从他母亲嘴里传出一声轻轻的叹息。我只觉得在这种场合下,自己是个多余的厚颜无耻的人。园子无意中仰头看了我一眼,我低下了头。尽管毫无道理,但我却觉得我似乎有必要向她道歉。

"都出去吧。"

他难为情地用蛮劲推着祖母和母亲的后背,将她们推了出去。军营露天庭院里枯黄的草地上,各家人围坐在一起,拿出好东西给新兵吃。但遗憾的是,无论我怎么揉眼睛看,也丝毫看不出此情此景的美。

过了一会儿,草野也盘腿坐到围坐在一起的人群中央,大口吃着西洋点心,睁大眼睛凝视着,手指向东京方向的天空。据他说,从这片丘陵地带能看到荒野那头的M市开阔的盆地。在那更远的低矮的群山层叠的空隙就是东京的天空。早春冰冷的云在那一片投下了稀薄的阴影。

"昨晚,我看到那边红火一片,肯定出大事了。不知道你家还在不在。那整片天空都红了,不像是以前那种空袭。"

——草野神气活现地说着,并且还诉苦说祖母和母亲若不早日疏散避难,他每夜都睡不安稳。

"好的,尽快避难。奶奶向你保证。"

---

① 连环甲,用小锁拼在一起制成的类似于汗衫的衣服。战国时代以后,作为防护用具穿着在铠甲和衣服里面。

祖母语气坚定地说道，并从腰带间拿出小笔记本以及跟牙签差不多粗细的银灰色自动铅笔，一笔一画地写着什么。

在回程的列车上，大家都很忧郁。在车站会合而来的大庭先生也一反常态默不作声。平时隐藏于心的"骨肉亲情"被翻出表面时，感到了火辣辣的疼痛，大家都成了这种感情的俘虏。或许大家感受到了空虚，发觉相互会面，唯一能向对方出示的，恐怕只有一颗赤裸裸的心。他们怀着这颗心见到了儿子、哥哥、孙子、弟弟，结果呢，也只不过是向对方展现出无益的流血罢了。我依旧被那令人痛心的手的幻影所追赶。夜幕降临时，我们的列车抵达了换乘国营电车的O站。

在那里，我们首次目睹了昨晚空袭带来的灾难的确凿证据。战争的受难者挤满了天桥，他们裹着毛毯，睁着眼，不，他们只是露出眼球，什么也不看什么也不想。有一个母亲，看样子像是要用同一振幅永不停止地摇晃膝上的孩子。女儿倚靠着行李睡着了，头上戴着的绢花被烧掉了一半。

我们一行人行走在其中，没有人看向我们，甚至连责难的目光都没有，我们被漠视了。只是因为我们没有与他们分担不幸，我们存在的理由被抹杀了，只被看作影子般的存在。

尽管如此，我心中有某种东西开始燃烧。并排坐在这里的"不幸"的人们给予了我勇气和力量。我领会了革命所带来的亢奋。他们看到了规定着自身存在的所有的一切都被大火所包围，看到了人际关系、爱与恨、理性、财产被眼前的大火所包围。他们并不是与大火作斗争，他们是与人际关系作斗争，与爱与恨作斗争，与理性作斗争，与财产作斗争。彼时的他们，就如同沉船的乘务人员，一个人为了生存可以杀掉另一个人，他们就处在这样的环境下。为救恋人而死的男人，不是被大火吞没，而是被恋人所杀。为救孩子而死的母亲，无非是被孩子所杀。因此，相互厮杀恐怕是人类从未经历过的、普遍存在的，并且是根本性的条件。

我在他们脸上看到了激烈的冲突所留下的疲劳痕迹。一些热烈的信念在我心中迸发，虽然只是短短的一瞬间，我感觉到自己对于人类根本条件的不安被彻底地一扫而光。发自内心想要放声欢呼。

假如我的内省更富足一些，假如我更睿智一些，或许我就能深入地探究那一条件。但可笑的是，一种梦想的热情，使我的手第一次伸向了园子的身体。或许连这个小小的动作也在向我说明，爱这一名称已经毫无意义。我们就这样走在一群人面前，快速地通过了这座阴暗的桥。园子也沉默不语。

——然而，在过分明亮的国营电车内，我们坐在一起看着对方的脸。我注意到园子看着我的眼神中，闪烁着某种无可奈何的、黑暗柔和的光。

换乘到市内环线的乘客，有九成都是灾民。这里翻涌着更为明显的战火的气息。人们高声地、甚或洋洋自得地谈论着自己所经历的危难。他们的确是"革命"的群众。因为，他们是怀有辉煌的不满、充溢的不满、意气风发且兴高采烈的不满的群众。

我在S站告别了众人，把包送还园子手中。走在漆黑的回家路上，好几次想到我的手上已经不再拿着那个包了。于是，我意识到了那个包在我们之间起了多么重要的作用。提着它是份小小的苦差。对于我而言，为了不让良心过于抬头，经常需要一个重物，就是说需要一个苦差事压盖住它才是。

家人们泰然自若地迎接我的归来。我感叹，东京到底是大啊。

过了两三天，我带着说好借给园子的书来到草野家。一般来说，二十一岁的少年借给十九岁少女的小说，不用说题目各位大抵也能猜得到。在这种平凡的小事中获得的快乐，对我来说很特别。碰巧园子去了附近，说是即刻回来，所以我在客厅里等她。

这时，早春的天空像石灰水一样阴沉沉的，并下起了雨。园子可能在路上淋了雨，头发上挂满了亮闪闪的水珠，走进昏暗的客厅里。在一个漆黑的角落里，她蜷缩着肩膀，坐在长沙发的一角，嘴角露出了微笑。红色毛衣下胸部两个圆润的隆起，在微暗的光线中浮现出来。

我们怯生生地、三言两语地聊着。两人独处的机会对于我们来说是第一次。在那次小旅行的去程列车上，我们轻松的交谈有八九分是得益于旁边的谈话和小妹妹们。像上次那样将短短的一行情书拿出来的勇气，今天也消失得无影无踪。我的态度变得比之前谦恭得多。我属于一旦放任自己，就会不自觉地变得诚实的人。我并不害怕在她面前变成那样。难道我忘记了表演吗？忘记了作为正常人谈恋爱的惯用表演？不知是不是那个缘故，我觉得我完全不爱这个新鲜的少女，尽管如此，我的心情却很愉快。

骤雨停了，夕阳照进了房间。

园子的眼睛和嘴唇光彩照人。这种美被解释为我的无力感，涌上了我的心头。于是，这种苦涩的想法反而使她的存在显得虚幻渺茫。

"就连我们，"我说，"也不知道能活到什么时候。就假设现在警报响了，飞机也许装载着轰炸我们的炸弹呢。"

"那该有多好啊。"她玩耍似的把苏格兰花纹裙子的褶皱折叠在一起，边说边仰起了脸，隐隐约约的汗毛光泽修饰着她脸颊的轮廓，"就是……无声无息的飞机飞来，就在这时，投下直接命中弹，您没这么想过吗？"

说出这些话的园子，没有觉察到这是爱的告白。

"嗯……我也是那么想的。"

我一本正经地答道。园子自然不知道，这个回答根植于我深深的愿望中。但想一想，这样的对话是何等滑稽。若是在和平年代，若非爱到极致，绝不可能进行这样的对话。

"生离死别，让人厌烦。"为了掩饰难为情，我用讽刺的语调说道，"你会不会也经常觉得，在这种年代，离别是常事，相遇才是奇迹……像我们能这样交谈几十分钟，仔细想想可能是了不起的奇迹呢……"

"是，我也……"她欲言又止。然后，她又一本正经地、平静愉快地说："刚见一面，我们很快又要分开了。祖母说要赶紧避难，前天回来后就马上给住在N县某村的伯母发了电报。今天早晨那边打来长途电话答复。电报是请对方找房子，答复是现在找不到房子，就让我们住到伯母家，还说人多了热闹。祖母说这两三天就过去，真是很心急啊。"

我一句话也说不出来。我内心受到的打击，就连自己也感到惊讶。就在这种状态下，两人在一起度过了彼此不能分离的时光，这种错觉在不知不觉间从我良好的感觉中产生出来。从更深一层意义上说，那是我的双重错觉。她宣告离别的话语，表达出此时私会的枉然，揭示着那只不过是眼下喜悦的假象，打破了我将其视为永恒的幼稚的错觉。与此同时，即便没有离别，我不允许男女之间的关系停留于此的觉醒，也打破了另一个错觉。我痛苦地清醒过来。为什么不能继续这样下去？这个在少年时代我问过数百遍的问题，又再次从我口中说出。任由所有的一切遭破坏，一切被更迭，一切处于颠沛当中，我们似乎共同背负了这种奇怪的义务。这种令人厌恶至极的义务，即世上所谓的"生"吗？这难道仅仅只是对我所要求的义务吗？但可以肯定的是，至少只有我感觉到那个义务是个沉重的负担。

"嗯，你要走了……但即使你留在这里，我不久之后也得离开……"

"您要去哪里？"

"三月末或者四月初，我们又要住进某个工厂。"

"很危险吧，空袭？"

"是啊，真的很危险。"

我自暴自弃地答道，然后匆匆离开了。

——接下来的一天，我摆脱了必须爱她的这一本分，在安逸中度过。我大声唱歌，丢开讨厌的六法全书，快活得很。

这种奇妙的乐天状态持续了一整天之后，我像孩子般沉沉睡去。深夜的警报再次响起，将我吵醒。我们全家嘟嘟囔囔地躲进了防空壕。结果什么事也没有发生，不久之后就听到了解除警戒的警报声。在壕沟里昏昏欲睡的我，把钢盔和水壶挂在肩上，最后一个爬回地面上。

昭和二十年的冬天真是纠缠不休。春天就像豹子，已经蹑手蹑脚地到来了，而冬天却像围栏，幽暗地、顽固地挡在前

103

面。星光下依然闪烁着冰的晶莹。

在装点寒冬的常青树茂密的枝叶空隙中，我惺忪的睡眼看到了几颗星星正闪着柔和的光。夜间强烈的凉气融入我的呼吸，突然间我发现，我是爱着园子的，不能与园子生活在一起，周遭的世界于我而言一文不值，这样的想法压得我喘不过气来。我内心响起了一个声音："能够忘掉的东西就忘掉吧。"随后，那天早晨在月台上看到园子时所产生的、动摇我存在根基的悲哀，急不可待地涌上心头。

我坐立不安，捶胸顿足。

即便如此，我还是又忍耐了一天。

第三天傍晚，我去园子家找她。门厅处，一个工人模样的男人正在打包行李。放在砂石地上的衣物箱被席子包着，并捆上了粗绳。看到这些，我感到了强烈的不安。

祖母出现在门口。她身后堆放着已经打包好，只等着往外搬的行李，门厅的走廊上全是绳头碎草。看到祖母神色踌躇一脸迷惑的样子，我决意不见园子就马上返回。

"请把这些书交给园子。"

我就像个书店的伙计，递给她两三本言情小说。

"总是麻烦您，真不好意思。"祖母没有叫出园子的意思，只作如此寒暄，"我们全家准备明天晚上出发前往某村。一切都进展得很顺利，没想到这么快就能够动身。这个房子租给T先生，作为T先生公司的宿舍。真是舍不得离开呢，我的孙子孙女们能跟您熟识，都非常高兴。今后请您常到某村来玩。我们安顿下来就给您写信，请一定来玩儿。"

擅长社交的祖母那郑重其事的口吻，听上去倒没有令人不快。但是，如同她那过分整齐的假牙一样，她所说的话只不过是无实质内涵的词语排列而已。

"祝你们身体健康,生活幸福。"

我只能说出这句话,也没说出园子的名字。就在这时,似乎是我的犹豫将园子引来,她出现在里面的楼梯平台上。她一手拿着装帽子的大纸箱,一手抱着五六本书。从高窗倾泻下来的光线照亮了她的头发,仿佛在燃烧。当她看出是我之后,大声叫了起来,把祖母吓了一跳。

"请等一下。"

然后像个疯丫头似的跑上了二楼。我看到祖母吃惊的样子,不禁感到有些得意。祖母一边道歉说家里堆满了行李乱糟糟的没法招待你,一边急匆匆地走进屋里消失不见了。

一会儿工夫,园子红着脸跑了下来。我呆呆站在门厅的角落里,她二话没说穿上鞋,直起身,说要送我出去。她那命令般的口气令我感动。我羞涩地摆弄着制式帽,注视着她的一举一动,感到心中有个脚步声戛然而止。我们身体紧贴着走出房门。我们在通向大门的石子路上默默地走着,园子突然站住重新系鞋带。由于她花的时间很长,我走到大门口望着街道等待着她。我不了解十九岁少女的招人喜爱的心眼,她就是想要我走到前面去啊。

突然,她的胸口从后面撞上了我穿着制服的右手臂。那类似于汽车事故,是来自偶然的、茫然状态下的撞击。

"……嗯……给您这个。"

坚硬的信封一角扎到我手掌上的肉。我用像是要捏死一只小鸟的力量捏着,险些将那个信封捏烂。我对那封信的重量感到难以置信,仿佛放在我手掌上的这个透出女学生气的信封是个不能看的东西,我的眼神闪烁。

"过后……您回到家之后再看。"

她用被胳肢时喘不过气的声音小声说道。我问她：

"回信寄到哪里？"

"里面……我写在里面了……某村的地址。您寄到那里去。"

说来也奇怪，突然间离别成了我的期待。有点像捉迷藏，当鬼的人开始数数时，大家向各个方向散开时那一瞬间的快乐。我具有这种能够从任何事情中享受快乐的奇妙天分。多亏了这种邪恶的天分，使我的怯懦，至少在我自己的眼里，常常被误看成勇气。这天分却是不对人生进行任何筛选的人的甜蜜的代价。

我们在车站的进站口分别，手也没有握一下。

有生以来第一次收到情书，令我春风得意。我等不及回到家，在电车上不顾旁人地拆开了信封。刚一打开，许多张剪影画卡和外国印制的教会学校学生欢快场面的彩色画卡差点滑落出来。里面有一张折叠的蓝色信笺，在迪士尼的大灰狼和儿童漫画下面，字迹工整地写着如下文字。

非常感谢您把书借给我看。托您的福，我饶有兴致地读完了。我由衷地祝福您在空袭之下也能平安度过。我到了那边之后会再给您写信。地址是：×县×郡×村×番地。

信内附上些许薄物，以表谢意，请您笑纳。

这是一封多么了不起的情书啊。之前的春风得意受到了挫败，我脸色苍白地笑了起来。鬼才会回信啊，至多回封印刷的明信片就完事了。

然而，在到家之前的三四十分钟里，最初要写回信的要求，逐渐开始为方才的"春风得意"进行辩护。我立刻联想到，那个家庭的教育不利于学习如何写情书。因为是第一次给男人写信，一定是各种顾虑使她不敢大胆动笔。她当时的一举一动说明了这封无实质内容的信件之外的内容，这一点是千真万确的。

突然，在另一个方面，我陷入了愤怒。我拿六法全书撒气，把它砸到房间的墙壁上。我责备自己太窝囊。一个十九岁的姑娘就在眼前，居然像晾衣服似的干等着对方来倾慕自己。为什么不能干脆利落地展开攻势呢？我知道你犹豫不决的原因在于那莫名其妙的不安。若是那样，那又何必再去找她呢？回过头想想，你十五岁时也过得像是十五岁的样子，十七岁时也基本能与人并驾齐驱，可二十一岁的现在又如何呢？朋友说你二十岁会死的预言没有成真，战死沙场的愿望也暂且落空了。到了这个年纪，与不谙世事的十九岁少女的初恋，竟然手足无措。喊，你进步可真大哦。到了二十一岁才第一次写情书，你该不是把岁月搞错了吧？还有，你到了这个年纪不是也没尝过接吻的滋味吗？真是个落伍的窝囊废啊！

接着，又有一个深沉执拗的声音奚落我。那个声音中包含着一种近乎发烫的真诚，以及与我无关的人情味。这个声音接连不断地传来——是爱吗？应该算。但是你对女人有欲望吗？你只是对她没有"卑鄙的欲望"，你打算用这样的自我欺骗，忘掉那个曾经对女人没有"卑鄙的欲望"的自己吗？你本身具有使用"卑鄙的"这个形容词的资格吗？你原本有过想看女人裸体的欲望吗？你有过一次想象过园子的裸体吗？像你这样年纪的男人，看到年轻女人时自然地会联想她们的裸体，对于这样的自知之明，用你所擅长的类推应该可以推测出来吧。为什么说出这样的话，你问问你的心。类推不是可以通过稍加修正就可以做到吗？昨晚在你睡着之前，又犯了旧习吧。如果将其说成是一种祈祷也不足为奇。一个小小的邪教仪式，谁都必须经历。替代品一旦用惯了，用起来也是挺舒服的。而且那还是个立马见效的安眠药。但当时你心中浮现的绝对不是园子吧。总之，那是些奇奇怪怪的幻影，连在一旁观看的你每次都会吓得魂飞魄散的。白天，你走在大街上，目不转睛地盯着年轻的士兵和水兵。他们是你所喜欢的年龄，皮肤黝黑、头脑无知、言语简单的年轻人。你只要一看到这些年轻人，就会立刻观察他们的身体吧。法律专业大学毕业后，你打算当裁缝吗？你尤其喜好二十岁上下的无知青年那如狮子幼仔般的柔韧身躯。你昨天一天，让多少个那样的青年，在你心中一丝不挂。你在心中准备了一个采集植物用的采集箱，采集了几个古希腊青年的裸体后带回来。然后在心中进行选拔，用于先前说过的邪教仪式的活祭。选出一个中意的人，接下来所做的事令人瞠目结舌。你把要活祭的人带到一个奇妙的六角柱旁边，然后用隐藏的绳子把裸体的活祭品反手绑在柱子上。你需要他有充分的抵抗和喊叫。接下来，你给予活祭品诚恳的死亡暗示。此时，你的嘴角浮现出莫名其妙的天真无邪的笑容，从口袋里掏出了锋利的刀子。你向活祭品靠近，在他紧绷的侧腹皮肤上，将刀刃轻轻地划过以示爱抚。活祭品发出绝望的呼喊，扭动身体以躲避刀刃。由于恐惧，心脏怦怦直跳，裸露的双腿不停地颤抖，发出噔噔噔的膝盖碰撞声。刀子重重地扎入了侧腹。这当然是你做出的残忍行径。活祭品的身体弯曲成了弓形，发出孤独的惨叫，被刺入的腹部肌肉产生了痉挛。刀子犹如插入了刀鞘般，冷静地埋在起伏的肉体里。鲜血冒着泡喷涌出来，流向了光滑的大腿。

你的欣喜就来自这一瞬间，这正是人性的东西。那是因为，你的固定观念中的正常状态，正是在这个瞬间才属于你。不管对象如何，你从肉体的深处发情。这种发情的正常状态，与其他男人别无二致。你的心充溢着原始的烦恼，并为之动摇。你的心中有一种野蛮人的深深的喜悦在复苏。你的眼睛神采奕奕，全身血液沸腾，浑身充满了蛮族所具有的种种生命特征。恶习之后，野蛮赞歌的温暖留存于你的身体，男女交媾后的那种悲伤并未侵袭你。你因为放荡不羁的孤独而耀眼夺目。在历史悠久的大河的记忆中，你短暂地漂浮于其间。蛮族的生命力所体味到的极致感动的记忆，偶然间将你的性功能和快感统统占领了。你还在处心积虑地伪装着吧。有时，触及人类存在的这种深刻的喜悦，你就无法理解为什么需要爱呀精神呀这些东西。

干脆这样吧，在园子面前披露一下你那稀奇古怪的学位论文怎么样？那是一篇高深的论文，名为《古希腊青年的身体曲线及血流量的函数关系》。你所选择的古希腊青年，浑身洋溢着朝气，在那光滑、柔韧、结实的身体上，血液往下流时形成了最为微妙的曲线。流下来的鲜血形成了最美的自然纹路——犹如穿流于山野间的小溪，以及被砍断的巨大古树的木纹，是这样的古希腊青年没错吧？

——的确如此。

尽管如此，我的内省力就像一张细长的纸片被拧了一下后

109

两头黏在一起，形成了一个无懈可击的圆形结构。以为是表面实则是背面，以为是背面其实又是正面。虽然后来这个周期的速度有所减缓，但二十一岁的我，感情周期轨道被蒙住了眼睛一个劲儿地转，它的旋转速度在战争末期匆忙的终结感的作用下，达到了头晕目眩的程度。原因和结果、矛盾和对立，我都无暇一一追究。矛盾依旧是矛盾，目不暇接地擦身而过。

一个小时过去了，我满心只想着如何巧妙地给园子写回信。

……时间一天天过去，樱花开了。没有人有闲暇赏花。能够看到东京的樱花的，大概只有我们学校的本系学生了。从大学回家的路上，我要么独自一人，要么跟两三个朋友漫步到S池畔。

花儿出奇的娇艳动人。对花来说，可称为衣裳的红白幕布、茶店的熙攘人群、赏花的人群、卖气球和风车的小贩都不见踪影，因此，那常青树中间恣意开放的樱花，不由得使人生出如见花的裸态之感。大自然无偿的奉献、大自然无益的奢侈，从未像今年春天这般美得如此妖艳。我怀着一种不快的疑惑，大自然该不会再次征服大地吧？因为今年春天的灿烂是不同寻常的。油菜花的黄、嫩草的绿、樱花树干的水灵灵的黑，以及刚刚挂上枝头的阴郁的花骨朵，这些在我眼里都是带着恶意色彩的艳丽，即所谓色彩的火灾。

我们争论着毫无意义的法律理论，走在樱花树和池子之间的草地上。我很喜欢那时候Y教授的国际法课的讽刺效果。空袭之下，教授从容不迫地讲授着不知何时才能实现的国际联盟。我感觉就像在听麻将课或是国际象棋课。和平！和平！这个始终在远方鸣响的铃声,我只认为那是自己耳鸣。

"物权的请求权的绝对性问题嘛。"

皮肤黝黑的大个子男生,因为严重的浸润型肺炎而没被军队录用的农村学生A说道。

"算了,真无聊。"

一看就是肺结核的面色苍白的B打断了他的话。

"天上是敌机,地上是法律……嗯……"我嗤之以鼻,"天上是荣誉,地上是和平吗?"

没有真正得肺病的只有我一个人。我假装得了心脏病。那个年代,要么有勋章要么得病。

突然,一个胡乱踩踏草地的声音使我们停了下来,发出这个声音的人也吃惊地看着我们。那是个身穿肮脏的工作服,脚踩木屐的年轻男人。充其量只能从他的军帽下窥见的平头的发色看出他是个年轻人。至于那暗淡的脸色、稀疏邋遢的胡子、满是油污的手脚以及沾满污垢的喉咙部位,都显示出与年龄无关的凄惨的疲惫。男人的斜后方,一个闹别扭的女人低着头。她梳着发髻,身穿黄褐色衬衫和崭新的碎白点缩口裤,样式异常新奇。他们俩肯定是征用工之间私会,今天旷工出来赏花。看到我们大惊失色,大概是以为我们是宪兵。

这对恋人眼睛向上翻、躲躲闪闪地瞟了我们几眼,走开了。之后我们也无心继续说话了。

未等樱花完全盛开,法学系再度停课了,我们被动员去距离S湾数里远的海军工厂当学徒。在此期间,母亲和弟弟妹妹到郊外有个小菜园的伯父家避难,东京的家里只留下老成谄媚的当学仆的中学生照料父亲起居。家里没米的时候,学仆把煮熟的大豆放到研钵里研磨，做成像呕吐物似的粥和父亲一起吃。他趁父亲不在时，暗地里把储备的一点点副食品存货尝了个遍，搞得满地碎末。

海军工厂的生活很自在。我从事的是图书馆管理工作，并参与挖洞工作。我与台湾的童工一起挖掘零件工厂疏散用的横向坑壕，这些十二三岁的小恶魔们成了我最要好的朋友。他们教我台湾话，我给他们讲传说故事。他们确信台湾的神能保护他们免遭空袭，而且有朝一日能把他们安全送回故土。他们的食欲达到了违背人道的地步。一个手脚麻利的小伙子背着厨房当班偷来了米和蔬菜，倒上足够多的机油做成了炒饭。我谢绝了这份带着齿轮味儿的大餐。

在不到一个月的时间里，我和园子间的书信往来多少有了些特别的意思。我在信中毫无顾虑地大胆表达。一天上午，解除警戒的警报响起回到工厂时，桌子上放着园子的信。我读着园子的信，手不停地颤抖。我感到轻微的酩酊。嘴里无数次反复念着信里的一行字：

"……我爱慕着您……"

不直接面对面给予了我勇气，距离给了我"正常性"的资格。即是说，我具有了临时租借的"正常性"。时空的间隔使人的存在变得抽象化。我的心向园子一味地倾倒，与此不相关的超出常规的肉欲，两者在这种抽象化的作用下，成为等质的东西在我体内合二为一，把我的存在不相矛盾地固定于每时每刻之中。我感到自由自在，每天的生活都有难以形容的愉悦。传言说敌军不久之后会在S湾登陆，将会席卷这一带。死亡的希冀，比以前更浓重地弥漫在我身边。悬而未决的状态下，我确实"对人生抱着希望"！

四月过半的某个周六，我难得获取到外宿许可，回到了东京的家。我原本打算从自己的书架上取出几本要带到工厂读的书，然后去母亲他们所在的地方过夜。可是，回去时的电车遇上了警报，走走停停，我因而感染了严重的风寒。剧烈的眩晕、发烧带来的疲倦感传遍全身。根据以往的多次经验，我知道这是扁桃体发炎的症状。回到家之后，让学仆给我铺好了床，我就立刻睡下了。

过了一会儿，听到楼下传来吵闹的女人声音，那声音传到了我滚滚发烫的额头上。然后又传来了爬上楼梯在走廊里小跑的声音。我微微睁开眼睛，大花纹和服的下摆出现在眼前。

"——怎么了？这狼狈样。"

"哎呀，是千子啊。"

"哎呀一声算什么啊，我们都五年没见面了。"

她是远房亲戚家的女儿，名叫千枝子。亲戚们把她名字的发音改动了一下，都叫她千子。她比我大五岁。上一次见到她是在她结婚的时候。听说自从去年她丈夫战死之后，她反而变得不同寻常的快活。的确，眼前的她全然一副无法让人表示哀悼的快活劲儿。我惊讶得哑口无言。心想，她头上的白色绢花不戴岂不更好。

"我今天是来找老达有事的。"她把父亲的名字达夫叫成老达，"我来是要拜托他关于转移行李的事。之前我爸爸见到老达时，他说要给我们介绍好地方呢。"

"我爸说今天会回来晚一点。那也没关系。"——她的嘴唇红得过分，让我感到不安。也许是因为我发烧的缘故，我感到那个红色刺痛了我的眼睛，加剧了我的头痛，"不过，话说回来，这种时候这么化妆走在外面不会被说闲话吗？"

"你也到了在意女人化妆的年纪啦？你睡着的时候，看上去像是才刚刚断奶的孩子。"

"真烦人，上那边去。"

她却故意靠了过来。我不想被她看到我穿睡衣的样子，于是把被子往上拽到了脖子。突然，她把手伸到了我额头上，那种刺痛般的冰冷对于我发热的身体正合时宜，令我为之感动。

"这么烫啊，量过了吗？"

"刚好三十九度。"

"要用冰敷啊。"

"哪有冰啊。"

"我来想办法。"

千枝子把袖子啪啪拍了几下，高兴地走到楼下去了。过了一会儿她又上来了，安静地坐了下来。

"我让那个男孩去取了。"

"谢谢。"

我看着天花板。她拿起枕边的书时，冰凉的丝质袖子碰到了我的脸颊。我突然非常渴望那个冰凉的袖子。我思索着要不要拜托她把袖子放在我的额头上，但还是打消了这个念头。房间里暗了下来。

"动作太慢了。"

对于发烧的病人来说，在时间的感觉上有病态般的准确。千枝子说出"太慢"时，我认为时间还有点早呢。过了二三分钟她又说道：

"真是慢啊，那孩子究竟在干什么啊。"

"哪里慢了！"

我神经质地怒吼起来。

"真可怜啊，这么激动。闭上眼睛，别用那么吓人的眼睛瞪着天花板。"

闭上眼睛时，眼睑的热度使我闷得难受。我忽然感到额头上碰到了什么东西，同时感觉到一股微弱的气息。我错开了额头，无意义地喘了一口气。紧接着那股气息夹杂着异常热的气息而来，突然间我的嘴唇被一个油腻的东西堵上，发出了牙齿相撞的声音。我不敢睁开眼。这时，一双冰冷的手掌夹住了我的脸。

过了一会儿，千枝子直起了身体，我也坐了起来。我们两人在昏暗之中互相对视着。千枝子的姐妹们都是风骚的女人。显而易见，她的身上也燃烧着同样的血液。但是那燃烧着的东西与我生病的体热结合成为一种难以说明的奇妙的亲切感。我完全立起身，说道："再来一次。"在学仆回来之前，我们无休止地接吻。她不停地说着："只是接吻哦，只是接吻哦。"

——这个接吻是否具有肉感我不得而知。因为某些极个别的初次经验本身就具有一种肉感，所以没有辨别这件事的必要。即使从我的酩酊中抽出之前提到过的观念性要素也无济于事。重要的是，我成为"了解了接吻的男人"。我就像在外面吃到好吃的点心，就马上想到"拿给妹妹吃"的疼爱妹妹的男人，我抱着千枝子的同时心里却想着园子。之后，我的思绪都集中于与园子接吻的幻想中。这是我犯下的第一次也是最严重的过失。

总之，对园子的思念渐渐地使这最初的经验显得丑陋。当第二天接到千枝子打来的电话时，我却谎称自己第二天要回到

115

工厂去。我没有践约去幽会。这种不自然的冷漠,来源于最初的接吻中缺乏快感,而我对这一事实视而不见,只是一味想着正因为我爱着园子,才会觉得那是丑陋的。我第一次把对园子的爱当作借口。

就像初恋的少男少女那样,我和园子交换了照片。园子来信说把我的照片放进了挂坠里,挂在了胸前。而园子寄来的照片只能放进折叠文件夹。因为没法放进内袋,我就用包袱布包着随身携带。想着当我不在工厂时也许会发生火灾,于是回家时也带着。有一次,返回工厂的夜班电车突遇警报,灯被熄灭了。过了一会儿又要求躲避,我在行李架上摸索着,但装着包裹照片的大包被偷了。我非常迷信,那天之后我陷入了不安之中,心想必须要早点去见园子。

五月二十四日的晚间空袭,像三月九日的空袭时那样,使我做出了决定。或许我和园子之间需要一种从众多不幸当中释放出来的类似瘴气的东西,就像某种化合物需要硫酸作为媒介似的。

在广阔的山野与丘陵连接处被挖出了无数的壕沟,我们藏身其中,看着东京的天空烧得通红。有时候,地面的爆炸投映到天空中,云与云之间出现不可思议的白昼般的蓝天,即深夜中出现了一瞬的蓝天。无力的探照灯,就像迎接敌机的搜寻灯一样,在那暗淡的十字形光束的正中央,不断显现出敌机机翼的光辉,向靠近东京的探照灯接二连三地传递着光的接力棒,发挥着殷勤的引导作用。高射炮的炮击近日来变得稀稀拉拉,B29轰炸机可以毫不费力地飞抵东京上空。

从这里究竟能分清在东京上空进行空战中的敌我双方吗?尽管如此,当看到在通红的天空背景下坠落的飞机影子,众人便齐声欢呼。其中闹得特别欢的就是童工们。壕沟各处传遍了剧场里的那种鼓掌声和欢呼声。我认为,从这里远眺,坠落的飞机是敌机还是我方的飞机,从本质上来说并没有明显区别。所谓战争,就是那么回事。

——第二天早晨,踩着还冒着烟的枕木,渡过了一半的窄木板都被烧掉了的铁桥,走了半程不通车的私营铁路。回到家,我发现只有我家附近完好无损没有被烧。碰巧回到这里住下的母亲和弟弟妹妹,由于昨晚的火光反而很有精神。作为房子没有被烧的庆祝,从地下挖出了羊羹罐头,大家一起吃了起来。

"哥哥好像喜欢上了某个人。"

十七岁的疯丫头妹妹进入我房间说道。

"谁说的?"

"我就是知道。"

"喜欢不行吗?"

"不是啦。什么时候结婚?"

——我心里咯噔一下,就像逃犯被毫不知情的人偶然说出犯罪事实时的心情。

"我不结婚。"

"这不道德。从一开始就没有结婚的打算还喜欢人家?真讨厌,男人没一个好东西。"

"你再不出去,我就要泼你墨水了啊。"——剩下我一个人的时候,我口中反复念道:"是啊,这世上有结婚这件事,还有生孩子。我怎么忘了这些。至少是我怎么假装忘了这些。那只是因为我产生了错觉,以为结婚这种细微的幸福,在激烈的战争下已经不复存在了。其实,结婚对我而言也许是一种极大的幸福。重要到令人毛骨悚然……"——这种想法怂恿着我今明两天必须见到园子的矛盾的决心。这是爱吗？如果是的话，当一种不安在我们内心产生时，近似于以一种奇怪的热情的形式反映在我们身上的"对于不安的好奇心"，不是吗？

园子和她的祖母、母亲来过几次信，邀请我去玩儿。我对上她伯母家住感到不自在，于是写信给园子，让她给我找旅馆。她到某村的旅馆问了个遍，可要么被用于政府的临时办公点，要么用来软禁德国人，都不能住宿。

旅馆——我曾经幻想的地方，那是我少年时代幻想的实现。那是我痴迷言情小说而受到的不良影响。这么说来，我的思维方式有点像堂吉诃德。骑士故事的爱好者，在堂吉诃德的时代有许许多多。然而，若要那么彻底地受骑士故事的毒害，则始终是需要一个堂吉诃德。我也并不例外。

旅馆、密室、钥匙、窗帘、温柔的抵抗、战斗开始的默契……在这个时候，只有在这个时候，我应该是可以做到的。犹如天降灵感，我身体里燃起正常状态。犹如神灵附体，我转世成为另一个人，一个真正的男人。只有在这个时候，我才能毫无忌惮地拥抱园子，尽我所能去爱她。我的疑惑和不安被清除一空，我能由衷地说出"喜欢你"。从那天起，我能够走在空袭下的街道中，大声地喊出"这是我的恋人"。

所谓非现实的性格中，弥漫着对于精神作用的微妙的不信任感，这往往会引向梦想这一不道德的行为。梦想，并非人们所想的那种精神作用，莫如说是对精神的逃避。

——但是，旅馆的梦想在前提上就没能实现。园子在信中反复写道某村的所有旅馆都没法住宿，所以让我住到家里去，我回信答应了。和疲劳相似的安心感占据了我，尽管我爱胡思乱想，也无法将这种安心曲解为死心。

六月十二日，我出发了。整个海军工厂也逐渐体现出破罐子破摔的态度，想要休假，随便用什么样的借口都可以。

火车脏兮兮、空荡荡的。为什么对战时火车的记忆（那次愉快的旅行是个例外）都这样凄凉？这次我也像孩子一样，坐在颠簸的火车上，被悲惨的固有观念所折磨。这个固定观念就是，不与园子接吻绝不离开某村。然而，这不同于人们在与欲望中的畏难情绪做斗争时充满骄傲的决心。我觉得自己像是去盗窃，像是在老大的强迫下而勉强去行窃的胆小的走卒。被爱的幸福刺伤了我的良心。或许我所追求的是更加决定性的不幸也未可知。

园子将我介绍给她的伯母。我拼了命地装模作样。我似乎觉得大家在缄默中会议论说："园子为什么会喜欢这种男人？就是个白脸的大学生，他究竟有什么好的？"

为了得到大家的认可，我没有像那次火车上一样采取排外的做法。我辅导园子的小妹妹们的英语学习，附和着祖母讲的柏林时代的故事。奇怪的是，这样做园子反倒离我更近了。当着祖母和母亲的面，我和园子好几次大胆地眼神交流，吃饭时我们的腿在饭桌下相蹭。她也渐渐地沉迷于这种游戏。我对祖母的老生常谈感到无聊，靠在梅雨阴沉的天空下爬满嫩叶的窗台上时，她从祖母的背后，偷偷地用指尖捏起胸前的挂坠摇晃给我看。

她那半月形衣领上方白皙的胸脯，白得耀眼！此时她的微笑中，能感觉出曾经染红过朱丽叶面颊的"淫荡之血"。那是

119

一种只有处女才具备的淫荡，与成熟女性的淫荡不同，这种淫荡如微风般令人沉醉。那是一种乖巧的不良嗜好，就比如喜欢胳肢小娃娃的那种类型。

我的心忽地沉醉于幸福，就在这一瞬间。已经许久许久，我没能靠近幸福这一禁果了。然而，它现在正以悲凉的执拗诱惑着我。我感到园子如同深渊。

时间就这样一天天过去，距离必须回到海军工厂的日子只剩下两天了。可是，我还没有履行自己下达的接吻的任务。

雨季稀薄的雨笼罩着高原地区一带，我借了自行车去邮局寄信。园子躲避军队征集而去政府机关的某办公室上了班，她准备旷了下午的班，我们约好了中午在邮局碰头。蒙蒙细雨打湿了生锈的铁丝网，空无一人的网球场显得很落寞。一个骑着自行车的德国少年，从我的自行车旁擦身而过，他湿透了的金发和白皙的手熠熠生辉。

在古色古香的邮局里等了几分钟，户外略微明亮了起来。雨停了。这只是短暂的晴朗，即所谓故弄玄虚的晴朗。只不过是云彩裂开了一道缝，亮起了铂金色的光。

园子的自行车停在了玻璃门的外面。她的胸脯上下起伏，淋湿的肩膀也随着呼吸律动。她在笑着，健康的脸颊上泛起了红晕。"就是现在，给我冲！"我感到自己像是一只被挑唆的猎犬。那个任务观念就像是恶魔的命令。我跳上自行车，和园子并排骑过了某村的主干道。

我们穿行在冷杉、枫树、白桦的树林间。明亮的水珠从树上滴落下来。风吹起了她的秀发，矫健的双腿欢快地蹬着踏板。看上去，她就是"生"的本身。进入了已经荒废的高尔夫球场入口，我们从自行车上下来，沿着高尔夫球场边潮湿的道路走着。

我像个新兵一样紧张。那边有个小树林，那儿的树荫正合适。走到那里大约有五十步，走二十步时主动跟她搭话，因为需要缓解紧张的情绪。剩下的三十步可以说些无关紧要的话。走到五十步，放下自行车支架，然后看着山那边的景色。这时，我把手搭在她的肩膀上，轻声说："就这么待着，像做梦一样。"她含糊地应了一声。于是，搭在她肩膀上的手一使劲，把她拉到面前。接吻的要领，与跟千枝子接吻时一样。

我发誓要忠诚于表演。既没有爱，也没有欲望。

园子就在我的臂膀中。她呼吸急促，脸红似火烧，紧闭双眼，嘴唇显出稚气的美，这依然没有引起我的欲望，但我却时时刻刻期待着。也许在接吻的过程中，我的正常状态和我真实的爱会出现。机器在猛烈转动，没有人能够将它停止。

我的嘴唇贴在她的嘴唇之上，一秒钟过去了，没有任何快感。两秒钟过去了，依然没有变化。三秒钟过去了。——我全明白了。

我将身体移开的一瞬间，用悲哀的眼神看着园子。她若是看到了这时我的眼神，她应该能够读出我难以名状的爱的表达，那是一种谁都无法断言人世间是否存在的爱。但她由于深陷害羞和纯洁的满足，如人偶般始终低垂着眼睛。

我沉默不语，像对待病人那样，挽起她的胳膊向自行车走去。

我必须逃离，尽快逃离。我感到非常焦虑。为了使我忧虑的面孔不被察觉，我装出比平时更加活泼开朗的样子。晚上吃

121

饭时，我这副幸福的模样，与园子极为明显的出神状态不谋而合，结果反而对我不利。

园子比任何时候看上去都更加水灵。她的容貌身姿里本身就包含了故事性的东西，她就是故事里出现的恋爱中的少女的模样。当我看到了她率真的少女心，即便我想要假装活泼开朗，我也清楚地知道自己没有资格拥抱那美丽的灵魂，于是说话也变得吞吞吐吐，致使她的母亲因担心我的身体而表示问候。园子那招人喜爱的敏锐洞察了一切，为了鼓励我，又晃了晃挂坠，发出了"别担心"的暗示。我不禁报以微笑。

大人们对于我们这旁若无人的微笑的交流，都露出了半是吃惊半是迷惑的表情。大人们从我们的未来中看出了什么？想到这里，我又一次不寒而栗。

第二天，我们又来到高尔夫球场的同一个地方。看到了昨天我们踩踏过的黄色的野菊花草丛。草，今天干枯了。

习惯这种东西真是很可怕。我又和园子接吻了，尽管事后让我那般痛苦。这一次像是跟妹妹的接吻，但这个接吻反而抛开了乱伦的意味。

她说："下一次什么时候能见到您？""不知道，只要美军不在我所在的地方登陆。"我回答道，"再过大概一个月又可以休假了。"——我期盼着。岂止是期盼，而是迷信般的确信，在这一个月期间，美军从S湾登陆，我们作为学生军被派上战场，一个不剩地全部战死。不然就是超乎想象的巨型炮弹，无论我身在何处都会被炸死。——或许我在无意中预见到了原子弹爆炸。

然后我们走向了向阳的斜坡。两棵白桦树像心地善良的姐妹，在斜坡上投下了影子。低头走路的园子说道：

"下次见面的时候，您给我带来什么礼物？"

"要说我现在能拿出来的礼物，"我迫不得已装糊涂，说，"要么是做坏了的飞机，要么是满是泥土的铁锹，只有这些东西。"

"不是有形的东西。"

"那是什么呢？"我在她的追问下继续装糊涂，"这真是个难题啊。我在回去的火车上好好想想吧。"

"好的，您好好想想。"她的声音里带着奇妙的威严和笃定，"那就约定好了您带礼物过来。"

因为约定这个词园子是加重了语气说出来的，所以我必须用虚张声势的快活来保护自己。

"好，拉钩约定。"我信誓旦旦地说道。我们看似天真无邪地互相钩了指头，突然间，幼年时期感受过的恐惧感又涌现出来。那就是拉钩之后如果破坏约定手指就会腐烂，这种习惯说法曾给孩子的心理造成恐惧。园子所谓的礼物，不言而喻意味着我的"求婚"，我的恐惧也是源自于此。我的恐惧，就像是晚上不敢独自去上厕所的孩子内心充满的那种恐惧。

那天夜晚临睡前，园子来到我房间门口，一边用帷帐半遮着身体，一边用闹别扭的语气说让我再多留一天，我当时的反应是只能从床上惊愕地盯着她。我自认为已经进行了准确计算，但由于最初一项的计算失误，使一切都土崩瓦解。我竟不知该如何判断此时正看着园子的我的感情。

"必须得回去吗？"

"嗯，必须。"

我简直是愉快地答道。虚伪的机器再一次开始了润滑地运转。我的这种愉悦虽说只不过是从恐惧逃离出来的愉悦，但也可以解释为我获得了能让她着急的新权力的优越感。

自我欺骗已经成为我的救命稻草。受伤的人并不一定要求临时急用的绷带是清洁的。最起码，我想借助惯用的自我欺骗来止血，然后奔向医院。我将那散漫怠工的工厂欣然地想象成纪律严格的军营，明天早晨如不返回很可能要被关严重禁闭似的兵营。

出发的那天早晨，我目不转睛地看着园子，就像旅行者看着即将离去的风景。

我知道一切都结束了，尽管我知道周围的所有人以为现在才刚刚开始。我也沉浸于周围的和蔼的警惕氛围中，并意欲欺骗我自己。

尽管如此，园子平静的表现还是令我感到不安。她帮我收拾包，还把房间各处检查一遍，看是否有遗漏的东西。其间，她站在窗前看着窗外，一动不动。今天也是阴天，是嫩叶青翠醒目的早晨。不见踪影的松鼠从树梢经过，留下了颤悠悠的树枝。园子的背影洋溢着安静而又天真的"等待的表情"。她带着那种表情的背影离开房间，就好像敞开着柜门离开房间一样，这对于严谨的我来说是无法忍受的。我走过去从身后温柔地抱住了园子。

"您一定要再来哦。"

她用深信不疑的口气说道。她的话听上去与其说是对我的信任，莫如说她将信任植根于超越我的更深的东西。园子的肩膀没有颤抖，穿戴了蕾丝的胸部微微急促地呼吸着。

"嗯，也许吧。只要我还活着。"

——我对说出这句话的自己感到恶心。之所以这么说，是因为我这个年龄的人尤其想要说出这种话。

"一定来！我排除万难也一定会来见你的。你就放心等着我吧。你不就是要成为我妻子的人吗。"

如此稀奇的矛盾，在我对事物的感知方式、思考方式中随处可见。导致我采取这种"嗯，也许吧"的犹豫不决的态度，并不是我性格上的过错，而是由性格之前的东西造成的。即所谓虽然知道不是我的错，但多少对自己错误的部分，常常以近乎滑稽的健全的常识性的训诫来面对。作为少年时代起的自我磨炼的延续，我宁愿死也不想成为犹豫不决的人、不像男子汉的人、爱憎不明的人、不知爱为何物却一味想要得到爱的人。诚然，这对于是我的原因的那部分，是一种可能的训诫，然而，对于不是我的原因的那部分，它则是根本不可能的要求。此时采取男子汉般鲜明的态度面对园子，即便是借用参孙[①]的力量也难以做到。因此，在园子眼中所看到的我的性格特征，是一个犹豫不决的男人形象，挑唆着我对此的厌恶，让我觉得我整个存在都是没有价值的，我的自尊心被践踏得一塌糊涂。我变得不信任自己的意志和性格，至少我不得不认为与意志相关的部分是赝品。然而，像这样重视意志的想法，也是接近梦想的夸张。即便是正常人，也是不可能仅靠意志行动。纵使我是个正常人，我和园子幸福地度过婚姻生活的条件也不充分，婚后那个正常的我也许还会回答"嗯，也许吧"。就连这么简

[①] 参孙，《圣经》中的大力士。活跃于以色列士师时代，因怪力无边令外敌腓力斯丁人束手无策，为以色列打赢了很多胜仗。

单易懂的假设,我也养成了故意视而不见的习惯,仿佛不会错过任何一个折磨自己的机会。——这是无路可退的人,将自己逼进自认倒霉的安居之所时的惯用伎俩。

——园子用平静的口吻说道:

"没事的,你不会受一点伤的。我每天晚上都会向神祈祷,我的祈祷至今为止都很灵的。"

"信心满满啊。难怪你看上去总是一副安心的样子,安心得令人恐惧。"

"为什么?"

她睁着又黑又亮的眼睛。面对这个近乎直白的纯洁无瑕的提问,还有她的视线,令我心惊慌失措,不知如何作答。我被一股冲动驱使,想要唤醒看上去沉睡于安心之中的园子,而她的眼睛反而唤醒了我内心沉睡的东西。

——去上学的妹妹们过来告别。

"再见。"

小妹妹要求和我握手,然后在我的手掌上猛地挠了一下,跑到门外去了。阳光从树叶缝隙间倾泻而下,她站在树影斑驳里高举着带着金色锁扣的红色便当盒。

因为园子的祖母和母亲也来送行,所以在车站的离别就只是平淡无奇的。我们若无其事地说笑着。不久,火车到站了。我坐在了靠窗的座位上,期盼着火车快点开动起来。

就在这时,一个清脆的声音呼唤着我的名字,从意想不到的方向传来。那正是园子的声音。这早已听习惯的声音,此时变成了遥远、新鲜的呼喊声,震撼着我的耳朵。当我意识到那个声音确实是园子的声音时,犹如一缕清晨的光线照进了我的心房。我朝声音传来的方向望去,她钻过车站工作人员的出入口,手扶着靠近月台的,火烧后残存的木栅栏。镶嵌在格纹无扣上衣上的蕾丝在风中轻轻飘舞。她的眼睛炯炯有神地看向我。火车开动了,园子似乎要说什么,可她终于没有启开些许沉重的双唇就从我的视野中消失了。

园子!园子!列车每晃动一下这个名字就会在我心里浮现出来。就像是一个无法言喻的神秘的称呼。园子!园子!每次重复这个名字我都心如刀绞。伴随着这个名字的重复,强烈的疲劳感像惩罚一样逐渐加深。这种透明的痛苦的性质,是绝无仅有的,而且难以理解,就算对自己说明也很困难。由于这种痛苦远远地偏离了人应有的感情轨道,就连感觉那是痛苦对我来说都很困难。打个比方,就像在晴朗的正午,等待午炮响起的人过了时间还没有听到,在蓝天上四处寻找时的那种痛苦。这是一种令人恐惧的疑惑。因为知道午炮没有在正午准时响起的人,全世界只有他一个。

完了。一切都完了。我嘀咕着。我的叹息就像是分数不及格的胆小的考生的叹息。完了。完了。因为留下那个X所以才算错了,要是先解了那个X就不会这样了。人生的数学,我尽我所能,采用跟大家一样的演绎法①进行解答就好了。我要了点小聪明,那是最大的错误。我的失败就在于只有我使用了归纳法②。

由于我的心慌意乱太过明显,坐在我前面的乘客用奇怪的

---

① 演绎法,不根据经验而是根据理论法则,从前提的命题中导出必然结论的思考方式。从一般的原理推论出特殊的事实。
② 归纳法,把各个特殊的具体事实综合起来找出共同点,并以此为根据导出一般的原理和法则。

眼神观察着我。一个穿着藏蓝色制服别红十字袖标的护士，另一名像是护士的母亲——一个贫穷的农妇。当我察觉到她们的视线后，把目光投向护士的脸，这个像酸浆果似的满脸通红的胖乎乎的姑娘，难为情地跟母亲撒起娇。

"妈，我肚子饿了。"

"时间还早呢。"

"人家就是饿了嘛。"

"真是不懂事！"

——母亲终究拗不过女儿，取出了便当。那份便当的饭菜，比我们在工厂吃的那难以咽下的饭还要差一大截。切成两半的腌萝卜再配上许多山芋，护士大口大口地吃起来。从未见过人类吃饭的这个习惯看上去竟如此毫无意义，我不禁揉了揉眼睛。不久，我找到了产生以上看法的原因：原来是我自己完全丧失了生存的欲望啊。

当晚我回到郊外的家之后，有生以来第一次真正有了自杀的想法。想着想着，又嫌太麻烦，转念又觉得是件滑稽的事情。我先天缺乏认输的嗜好，而且我的周围有数不尽的死亡，犹如秋天的丰收一般。因战争灾祸而死、殉职而死等，在这一系列的死亡当中，我的名字不会没有被预订上。死刑犯不会自杀。想来想去现在不是适合自杀的季节。我等待着有某种东西将我杀死。然而，这就如同等待着有某种东西让我活下去一样。

我回到工厂的两天后，收到了园子热情洋溢的信。那是真挚的爱。我感到了嫉妒，就像养殖珍珠对天然珍珠那种难以忍耐的嫉妒。然而，这世上会有因女人对自己的爱而嫉妒的男人吗？

园子在与我分别之后就骑着自行车去上班了。由于看上去心不在焉，被同事问到是否不舒服。处理文件时也多次弄错。回家吃午饭后，下午上班路上又绕到了高尔夫球场停下了自行车。看到了黄色野菊花被踩踏的痕迹。还看到火山的表面，随着雾气的消散，露出了明亮的富有光泽的黄褐色。随后，暗淡的雾气又在山间升起，那两棵形似姐妹的白桦树的叶子，像是有所预感似的颤抖着。

　　——在火车上，我费尽心思地思索如何从亲手种下的园子的爱中逃离的同一时刻！……但是我曾有过屈从于最接近真实的可怜的借口而心安理得的瞬间。那借口就是"正因为爱着她，才不得不离开她"。

　　之后，我给园子写过几封既不亲近也不疏远的信。过了不到一个月，草野所在的部队允许第二次会面。草野转移到了东京近郊的军队，我收到消息说草野一家要过来会面。我的怯懦将我推向了那里。我已下了那么大的决心要从园子身边逃离，却又不可思议地不得不与她见面。见了面后，在丝毫未变的她面前，我发现了面目全非的自己。我在她面前一个玩笑也说不出来。对于我的这种变化，她和她的哥哥、祖母、母亲都仅仅看出了我的拘谨。草野用一贯亲切的眼神看着我说了一句话，令我不寒而栗。

　　"近期我会给你发去一封重要通牒哦。敬请期待。"

　　——一周之后，我放假回到母亲他们的住处时，收到了那封信。他那幼稚的笔迹显示出了货真价实的友情。

　　"……园子的事，我们全家都要很认真对待。我被任命为全权负责大使，简单地说，我想听听你的想法。大家都很信任你。园子就更不用说了。母亲好像甚至开始考虑什么时候举办婚礼了。婚礼暂且不说，我认为定下婚期并不为早。当然这些都只是我们这方的推测。总之想听听你的想法，家人间的商谈都得在这之后。话虽如此，但丝毫没有束缚你个人意愿的想法。希望能知道你的真实想法，才能使我安心。即使你回答NO我也绝不会埋怨、生气，或是影响我们之间的朋友关系。如果你回答YES自然皆大欢喜。请你无拘无束地、坦率地回答。希望你千万不要顾及情面或是人云亦云地答复我。作为你的挚友，等待着你的答复。"

……我愕然了。环顾了一下四周，担心我在读这封信的时候被别人看到。

自认为不可能发生的事情还是发生了。关于对战争的感受、想法，我和他们家人截然不同，这一点是我没有预计在内的。我才二十一岁，还是个学生，在飞机工厂干活，并且是在持续的战争中长大，自以为是地以为战争的影响力是非现实的。在如此惨烈的战争残局中，人类活动的磁针依然保持着向一个方向。到目前为止我不也认为自己在谈恋爱吗，为什么没有注意到这些呢？我奇怪地冷笑着，把信又读了一遍。

这时，一种极为寻常的优越感骚动了我的心。我是胜利者。从客观上来说我是幸福的，谁也无可非议。那么，就连我也有权利蔑视幸福。

尽管不安和无地自容的悲哀充斥着我的内心，但我的嘴角却浮现出傲慢、讽刺的微笑。心想，只要越过一条小小的沟壑就好了，只要将这几个月来的事情当作胡闹就好了。只要想着自始至终没有爱过园子那丫头就好了。只要想着我是在小小欲望的驱使下（骗子！）才骗了她的就好了。要拒绝还不容易。

只是接吻而已，不必负什么责任。

"我并不爱园子！"

这个结论令我沾沾自喜。

真是了不起。诱惑一个自己不爱的女人，当对方燃起爱火时，毫无顾忌地将对方抛弃，我成了这样的男人。我不再是诚实道德的优等生……尽管如此，我也并非不知道，怎么会有未达到目的就将女人抛弃的色魔……我闭上了眼睛。就像个顽固的中年女人，对于自己不想听的事情习惯于将耳朵堵上。

之后就只剩下想办法干扰这个婚约了，如同干扰情敌的婚约似的。

我打开窗户呼唤母亲。

夏天猛烈的阳光在宽阔的菜园上空光彩夺目。种着西红柿和茄子的田地，将干燥的绿色生硬、抗拒地向着太阳高高举起。太阳将它熟透的光线厚厚地涂抹在那强劲的叶脉上。植物身上充溢的暗藏的生命，被压倒在一望无际的菜园的光辉之下。远处的一片树林里，一个神社正阴沉沉地朝向这边。对面看不见的低地，时而有郊外的电车通过，发出柔和的震动。每当这时，能看见在电线杆轻佻地推动下，无精打采地来回晃动的电线泛出的光。那是在夏天厚厚的云彩之下，一时间有意无意地、毫无目的地晃动。

菜园的正中央，一个戴着系有绿丝带大草帽的人站了起来。那是母亲。舅父——母亲的哥哥的草帽，像是垂头丧气的向日葵，头也不回地站在那里一动不动。

母亲在这里生活后，皮肤有点晒黑了，从远处看白白的牙齿显得非常醒目。她来到声音能够听到的地方，用孩子般尖细的声音喊道：

"什么事？有事的话你过来。"

"很重要的事。你过来一下。"

母亲不情愿地慢吞吞地走了过来，手上的篮子里装满了成熟的西红柿。她把装着西红柿的篮子放到窗台上，问我有什么事。

我没让她看信，只是概括性地把内容说给她听。说着说着，连自己都不清楚为什么会叫母亲过来。难道我不是为了说服自己才一直在说吗？父亲的性格有点神经质而且很啰唆，如果在同一屋檐下生活，成为我妻子的人一定会很辛苦，但目前又没有办法找其他房子安家啦；我的传统型家庭与园子的开放型家庭家风不合啦；我个人也不想那么早娶妻吃苦受累啦……我神情冷静地讲述着各种各样司空见惯的不利条件。我希望母亲提出强烈的反对，但平和宽容的母亲未经深思熟虑就插话道："你在说什么奇怪的话。"

"你自己到底是怎么想的。你是喜欢她呢，还是不喜欢她呢？"

"那个嘛，我也——"我支支吾吾的，"我也没有那么当真。一半是闹着玩儿的。但对方当真了，我也不知道该怎么办了。"

"那就没问题了。早点说清楚了，对双方都好。反正只是一封简短的询问你意见的信，回信说明态度就好了。……妈妈要走了啊，没事了吧？"

"哦。"

——我轻轻叹了口气。母亲走到玉米秆挡住的栅栏门后，又迈着碎步回到我的窗前，她的神情跟刚才有所不同。

"嗯，刚才说的事情啊，"母亲仿佛看着一个毫不相干的陌生男人似的看着我，"……你和园子，莫非已经那个了……"

"你胡说什么呢，我的母亲大人。"——我笑了起来。我觉得我有生以来从来没有那么痛苦地笑过。"你觉得我会做出那么愚蠢的事情吗？你就那么信不过我吗？"

"我知道了，妈也是怕万一嘛。"母亲的表情又明朗起来，不好意思地否定道，"作为母亲，活着就是担心这些事儿。没事了，我相信你。"

我当晚就写了连自己都觉得不自然的委婉的拒绝信。我写道，事出突然，现阶段我还没想发展到那一步。第二天早晨回工厂顺便去邮局把信寄出去，收快件的女工作人员看着我颤抖的手，颇为诧异。我注视着她用粗野肮脏的手，事务性地在那封信上盖了邮戳。看到我的不幸遭到事务性的对待，感觉反倒是种安慰。

空袭转移为攻击中小城市，我们看上去暂时没有了生命危险。学生中间开始流传投降一说。年轻的副教授陈述了暗示性的意见，意图在学生中哗众取宠。他在叙述颇具怀疑性的见解时，看到他满足地鼓起的鼻翼，我想我才不会上当呢。另一方面，我对那些事到如今仍旧相信战争会胜利的狂热信徒们也投以白眼。战胜也好战败也罢，都与我无关。我只想获得新生。

原因不明的高烧迫使我回到了郊外的家。我盯着似乎在旋转的天花板，在心中像念经一样反复念叨着园子的名字。等我终于能够起身时，听到了广岛覆灭的新闻。

这是最后的机会。大家都在传言下一个将是东京。我穿着白T恤和白短裤在街上转悠。自暴自弃的尽头，让人们的表情都明朗起来。时间一分一秒过去了，什么事也没有发生。鼓起的气球现在就炸吗？现在就炸吗？压力不断加强时的那种快活的心跳随处可见。然而，依然什么事也没有发生。这种日子如果持续十天以上，人必定会发疯。

一天，穿过稀稀拉拉的高射炮炮击，潇洒的飞机从夏季的天空中撒下传单。那是关于要求投降的消息。那天傍晚，父亲下班后直接来到了郊外我们的暂时住处。

"喂，传单上说的是真的。"

——他从院子进来，坐在走廊上后立即说道，还给我看了据说是消息可靠的英文原文的复印件。

我把那张复印件拿在手里，还没看一眼就了解了事实。那不是战败的事实。对我而言，仅仅只是对我而言，是可怕的日常即将来临的事实。只是听到名字就已令我颤抖，我一直欺骗自己的，那个不会到来的人类的"日常生活"，已经不容分说地从明天起，也将要在我身上开始的事实。

第四章

　　意外的是,我所恐惧的日常生活迟迟没有开始的迹象。社会处于一种内乱之中,人们不考虑"明天"的程度,与战时相比有增无减。

　　借给我大学制服的学长从军队回来了,我把制服还给了他。于是,我一时陷入了错觉,即我从回忆当中,乃至从过去当中得以解脱,我自由了。

　　妹妹死了。我因此知道自己也是一个会流泪的人,感到了浅薄的心安。园子与某个男人相亲订了婚。我妹妹死后不久,她就结婚了。那种感觉就好比卸下了肩上的负担。我对自己撒欢。我自负于这并不是她抛弃了我,而是我抛弃了她的必然结果。

　　我将强加于我的命运牵强附会地说成是自己的意志和理性

的胜利，我这一不良癖好，衍化成了一种近乎疯狂的妄自尊大。我命名为理性的东西的特质中，有某种不道德的感觉，以及因变化无常的偶然使得冒牌国王身居王位的感觉。这位犹如骡马的统治者，甚至没有预见到，在他愚蠢的专制下可能招致的报复。

我在模模糊糊的乐天态度下度过了接下来的一年。敷衍了事的法律学习，机械式地上学，机械式地返家……我不听任何人说话，也没有人听我说话。我学会了年轻僧侣那般世故的微笑。我感觉不到自己是生还是死。我似乎已经忘记了，那个顺其自然的自杀——由于战争而死——的希望早已断绝了。

真正的痛苦只能慢慢到来。就像肺结核，当自己感觉出现症状时，病情已经发展到了严重的地步。

一天，我站在一家有越来越多新刊的书店内的书架前，取出了一本装订粗糙的译作，是法国某作家的长篇随笔。无意间翻开了一页，上面的一行字灼烧着我的眼睛。有一种不快的不安压抑着我，我将书合上放回了书架。

第二天早晨，我突然做出了决定，在上学途中顺路去了那家位于大学正门附近的书店，买下了那本书。民法课开始之后，我偷偷地拿出那本书放在摊开的笔记本旁边，寻找之前看到的那一行字。那行字给予了我比昨天更加鲜明的不安。

"……女人所拥有的力量，仅仅取决于惩罚恋人的不幸的程度。"

我在大学有一个比较亲近的朋友，是一家老字号糕点铺家的儿子。从外表上看是一个老实无趣的勤奋好学的学生，但他对人和人生用"呸"的口气所表现出来的感触，以及与我极为相似的虚弱体格，使我产生了共鸣。但他与我出于自我防卫和虚张声势的犬儒学派①的作风态度相反，他身上似乎具备了把握十足的自信的根源。他的自信从何而来？不久之后，他识破了我的童贞，用一种压抑的自嘲和优越感向我说出了他光顾花街柳巷的事，还邀请我同去。"你想去的时候就给我打电话。随时奉陪。"

"嗯，等我想去的时候……大概……很快，我很快就会下定决心。"

我回答道。他难为情地动了动鼻子，他那张脸告诉我，他完全读懂了我现在的心理状态，他想起了与现在的我处于相同状态的当时的自己。他的这一羞耻心情经由我反馈到了他自己身上。我感到焦躁，是试图将他眼中的我的状态与现实中的我的状态相统一的这一陈词滥调的焦躁。

所谓洁癖，是欲望强制的一种任性。我本来的欲望是个隐秘的欲望，连那个直截了当的任性都不被允许。虽然如此，但我假想的欲望——对女人的单纯抽象的好奇心——赋予我几乎没有任性余地的冷淡的自由。好奇心是没有道德可言的。或许那就是人类所拥有的更为不道德的欲望。

我开始了可怜的秘密练习，我盯着裸体女人的照片以训练自己的欲望。不言而喻，我的欲望一声不吭不作任何回答。当我进行恶习的时候，尝试着首先从不作任何联想开始，再到在心里浮想女人淫荡的姿态，由此来训练自己。有时候好像觉得自己成功了，但那个成功里具有煞费苦心的苍白。

---

① 犬儒学派，希腊哲学的一派，把无为和自然当作生活的理想，因此蔑视社会惯例和文化生活。由此称之为蔑视社会、愤世嫉俗的人。

我决定听天由命。我打电话给他,让他星期天下午五点在某个茶馆等我。那时是战争结束后第二个新年的元月中旬。

"终于下定决心了?"他在电话里哈哈大笑,"好,一起去。我是肯定会去的,你如果爽约的话我可不饶你。"

——笑声萦绕在我耳畔。我知道唯有谁也无法察觉的僵硬的笑容才能与之对抗。尽管如此,我还有一线希望,不如说是迷信,是一种危险的迷信。唯有虚荣心使人敢于冒险。我有一种常见的虚荣心,我不想被别人知道我二十三岁依然童贞。

现在想来,我下定决心的那天正好是我的生日。

——我们相互试探似的看着对方,他今天也是一本正经的脸上似笑非笑,看上去很滑稽,从他不明朗的嘴里一口一口吐出烟,而且没话找话似的说了几句这家店的点心味道差劲之类的意见。我没有认真听他说。他说道:

"你应该也有思想准备吧。第一次带去那种地方的家伙,要么成为一生的朋友,要么成为一生的仇敌。"

"别吓唬我。你知道我很胆小,我可当不了什么一生的仇敌。"

"我佩服你的自知之明。"

我故意提高气势。

"话又说回来,"他摆出一副主持人的面孔,"得先去什么地方喝点酒。要是没喝醉的话,对第一次的人来说怕是够呛。"

"不,我不想喝。"我感到脸上冰凉,"我绝对不喝酒,走吧,这点胆量我还是有的。"

然后,我们坐上了昏暗的都营电车、昏暗的私营电车,到达了陌生的车站、陌生的街道，一排排寒碜的棚屋的角落里，紫色和红色的电灯把女人们的脸映得像戏剧里的纸灯笼。霜融化后湿漉漉的道路上，嫖客们沉默地来来往往，发出像是光脚走路的脚步声。没有欲望，只有不安催促着我，犹如孩子催促着要吃点心。

"哪里都行。都说了那里都行了。"

过来呀，过来嘛……女人们像是故意发出的上气不接下气的声音，令我想要逃离。

"那家的女人很危险哦。行吗？那样的脸蛋，那里相对来说比较安全。"

"什么样的脸蛋都行。"

"那我就挑比较漂亮的，你过后可别怨我哦。"

——当我们走近时，两个女人就像着了魔了似的站起身来。这是个站起来头几乎要碰到天花板的小矮房。一个笑起来露出金牙和牙龈的高个子女人，把我诱拐到一个三张草席大的小房间。

义务观念使我抱住了女人。我搂住她的肩正要接吻时，她笑了起来，厚实的肩膀也跟着摇摇晃晃。

"这可不行，这样口红会沾到的。"

妓女张开了镶有金牙的红唇大嘴，伸出了如棍子般粗壮的舌头。我也学她伸出了舌头。我们的舌尖相触了……没有感觉，就类似于强烈的疼痛，这是旁人所无法了解的。我全身剧烈的疼痛，而且感觉麻木，像是完全无法感知疼痛。我的头落在枕头上。

十分钟之后，证实了我确实不行，耻辱使我膝盖发抖。

假设朋友没有发觉，那之后的几天，我反而陷入了已经痊愈的那种自甘堕落的感情中。这类似于因不治之症而恐惧的人，在确定了病名之后，反会觉得安心。尽管深知这种安心只是一时的，他仍等待着内心无处可逃的绝望的、持续的安心。我心中期盼着无处可逃的打击，换言之，即是无处可逃的安心。

那之后的一个月，我与那个朋友在学校里见过好几次。彼此间没有提及那个话题。一个月过后，他领着跟我要好的也同样好色的朋友来找我。他是个时常吹牛说十五分钟就能使女人上钩，喜欢卖弄炫耀的青年。话题很快就落到了应该落到的地方。

"我实在受不了了，我拿自己没办法。"好色的学生盯着我说道，"要是我的朋友里有性无能的男人，我真是羡慕他啊。岂止是羡慕，我还会敬仰他呢。"

我的那个朋友发现我脸色变了，马上转移了话题。

"说好了你借给我马塞尔·布鲁斯特[①]的书的。有趣吗？"

"啊，很有趣。布鲁斯特是个索多玛男人，他和男佣发生了关系。"

"什么？索多玛男人是什么？"

我装出一副不知道的样子，我知道通过这个小小的提问，我竭尽全力挣扎，想要得到我的失态没被发现的反证的线索。

[①] 马塞尔·布鲁斯特（1871—1922），法国作家。在亨利·路易·柏格森哲学和精神分析学的影响下，对自己所生活的法国第三共和国的上流阶级的人情世态，进行了深层心理学的重新编排，写成了长篇小说《追忆似水年华》。采用了自传体回忆小说的形式，隐藏了与以往的浪漫有本质上区别的复杂结构，将自我和宇宙的相关性进行了环状把握。

"索多玛男人就是索多玛的男人。你不知道吗,就是男同性恋。"

"我第一次听说布鲁斯特是这种人。"我感到我的声音在颤抖。如果表现出愤怒就相当于给予对方确凿的证据,我对能忍受如此羞耻却表面平静的自己感到莫名的恐惧。我明白了我的这个朋友好像嗅出了点什么。也许是心理作用,我感觉他好像故意避开视线不看我的脸。

晚上十一点,这个令人憎恶的访客回去之后,我闭门不出一夜未眠。我啜泣着。最后,往常血腥的幻想出现了,我得到了慰藉。我沉浸在这个与我无比亲近的、残暴的幻想之中难以自拔。

我需要慰藉。尽管我知道只会留下空洞的对话和兴味索然的回味,我还是常常出现在老朋友家里的聚会中。与大学的朋友不同,这群人善于恭维奉承,反而令我感到轻松。他们中间有矫揉造作的小姐、女高音歌唱家、未来的女钢琴家以及新婚的年轻夫人们。跳跳舞、喝喝酒、玩无聊的游戏,还会玩有些色情的捉迷藏,有时还会通宵达旦。

天拂晓时,我们时常跳着跳着就睡着了。我们还会玩游戏驱赶睡意,在地上扔几个坐垫,以突然停止的音乐为信号,以圆圈舞的圆圈散开,一男一女为一组坐到一个坐垫上,没坐上的那个人要表演节目。因为是站着跳舞,然后又争抢着坐到地上的坐垫上,大家一阵欢闹。在反复几次之后,女人们也顾不上仪容举止了。最漂亮的一个小姐在争抢过程中摔了个屁股蹲儿,裙子翻到了大腿根,或许因为有些醉了,她并未察觉,还笑个不停。她腿上的肉白皙有光泽。

如果是以前的我，我会用我时刻不忘的表演，模仿其他青年背离自身欲望的习惯，立刻将视线移开。但自从那天之后，我整个人就变了。我没有一点羞耻——对于天生缺乏羞耻这一点我没有感到一点羞耻——就像看着一个物体一样，目不转睛地盯着那双雪白的大腿。突然，有一种从这凝视中聚集而来的痛苦向我涌来。痛苦对我说道："你不是人。你不能与别人交合。你并非人类，而是某种奇怪又可悲的生物。"

正巧临近官员录用考试的准备，我全身心地投入枯燥乏味的学习中，自然远离了使我身心受苦的事情。但那也只是起初的一段时间，随着来自那一晚的无力感蔓延至我生活的各个角落，一连数日我内心忧郁、心不在焉。我日益明显地感觉到必须给自己某种可能的证据，我感到如果不那么做我就没法活下去。但是，我却无处可寻那与生俱来的不道德的手段。这个国家不存在满足我异常欲望的机会，即便以相当稳妥的形式。

春天来了，我平静的外表之下蓄积着疯狂的焦躁。我能感觉到季节用狂风裹挟着黄沙，以示对我的敌意。每当汽车跟我擦身而过，我就会在心中大声怒吼："为什么不把我轧死！"

我甘愿给自己施加强制性的学习和生活。学习之余走到街上，我感觉我充血的眼睛里透出可疑的目光。在人们眼里我谨慎正直，但我实际上却是自甘堕落、放浪形骸、得过且过、懒惰至极，以及有如腐蚀般的疲劳。在春天即将过去的某个午后，我坐在都营电车上，冷不防地被一种令人窒息的清冽的悸动侵袭。

我从站起来的乘客间的空隙，看到对面的座位上园子的身影。天真的眉毛下，她的双眸率真而稳重，有一种无法形容的深深的温柔。我差点要站起身来。这时，一个站着的乘客松开吊环向出口处移动。我看到了她的正面，她不是园子。

我的内心依然躁动不安。那个悸动虽然能简单地说明为只是出于惊讶，或是歉疚，但那刹那间的感动的纯粹，却无法用那个说明来推翻。三月九日早晨在月台上看到园子时的感动突然涌现出来，这次和那次如出一辙。这类似于被彻底打倒的悲哀。

这个细碎的记忆使我难以忘怀，接下来的几天令我产生了生机勃勃的动摇。那是不可能的，我不可能还爱着园子，我是不可能爱女人的。这种反省反而成了挑唆式的抵抗。到昨天为止，这种反省还是唯一对我忠实、顺从的东西。

就这样，回忆突然在我心里重新获得了权力，这个武装政变采取了公开的痛苦的形式。两年前我已经整理好的"细碎的"记忆，就像长大以后出现的私生子，长成异常巨大的东西，在我眼前复苏了。那既不是我时常虚构的"乐观"状态，也并非之后我作为整理的权宜之计所使用的事务性状态。在我回忆的各个角落，贯穿着明显的痛苦状态。倘若那是悔恨，很多前人应该已经为我们发现了忍耐之法。但这个痛苦甚至于不是悔恨，是某种异常鲜明的，如同被迫从窗户俯视将街道分开的猛烈的夏日阳光的痛苦。

某个梅雨阴沉的午后，我到不太熟悉的麻布镇办事顺便闲逛。听到身后有人叫我的名字。那是园子的声音。我回过头看到她时，并没有像在电车上将别的女人错看成她时那么惊讶。由于这个偶然的相遇极为自然，让我觉得一切仿佛在我预料之中，这个瞬间我早已知晓似的。

她身穿一条仅在胸前凹陷处有蕾丝装饰，如漂亮的壁纸花纹般的连衣裙，完全看不出阔太太的样子。她手上提着桶，看样子是从配给站回来，一个同样提着桶的老妇人跟随其后。她打发老妇人先回去，跟我边走边聊。

"您瘦了一些。"

"嗯，因为忙于应付考试。"

"是嘛，那您要保重身体。"

我们沉默了一会儿。微弱的阳光照射到被火烧之后的官邸街冷清的街道上。一只湿漉漉的鸭子笨拙地从一家厨房里走出来，嘎嘎叫着从我们面前经过，沿着水沟走到对面。我感到了幸福。

"现在在看什么书？"我问道。

"小说吗？《各有所好》……还有——"

"没看A吗？"

我说出了眼下的畅销小说《A……》的名字。

"关于那个裸体女人的？"她说道。

"什么？"我愕然地反问道。

"挺讨厌的……封面的画。"

——两年前，她还不是能够当面说出"裸体女人"这种词语的人。从这个琐碎的词语我痛感园子已不再纯洁。在拐弯的地方她停住了。

"我家从这里拐过去走到头就是。"

分别令我难受，于是我垂下眼睛看着桶。桶里装满了蒟蒻，那蒟蒻看上去就像在阳光下海水浴后晒黑的女人的肌肤。

"如果被晒得太久，蒟蒻会烂掉的。"

"是嘛，那真是责任重大啊。"园子发出鼻音高声说道。

"再见。"

"嗯,祝您一切顺利。"——她转过了身。

我叫住了她,问她不回娘家吗。她若无其事地回答说这个星期六回去。

分别之后,我注意到一件至今为止从未注意过的重要事情。今天的她看上去像是已经原谅我了。为什么会原谅我呢?哪里还会有超出这份宽容的侮辱。如果再一次明确地受到她的侮辱,也许我的痛苦就能痊愈了。

我急切盼望着星期六。碰巧草野从京都的大学回到家中。

星期六的下午,我去找草野,正当我们说话时,我对我的耳朵产生了怀疑。我听到了钢琴声。那已不再是稚嫩的音色,而是丰富而游刃有余的声响,充实而又闪耀。

"是谁?"

"是园子,今天她回家里来了。"

毫不知情的草野回答道。我所有的回忆带着痛苦被一一唤醒。对于我当时的婉拒,草野只字不提,我深深感受到他的善意。我想要得到园子当时哪怕有一丁点痛苦的证据,我想要看到我的不幸的对应物。然而,"时间"再次在我和草野、园子之间如杂草般丛生,那种无须什么固执、什么虚荣、什么客套的感情表白已被彻底禁止。

钢琴声停止了。草野善解人意地说要去把她带过来。过了一会儿,园子和她哥哥一起走进了这个房间。园子的丈夫就职于外务省,三个人聊着外务省的熟人,毫无意义地笑着。草野被母亲叫走,与两年前一样又变成了只有我和园子两个人。

她像孩子般得意地对我说着她的丈夫如何尽全力使草野家的财产免遭没收。从她少女时代开始,我就喜欢听她自我吹嘘。过于谦逊的女人与傲慢的女人一样没有魅力,而园子落落大方、恰到好处的自我吹嘘,洋溢着天真无邪、讨人喜欢的女人味。

"那个嘛,"她平静地说道,"一直想问但至今都没能问的事情。为什么我们不能结婚。自从我从哥哥那里得到您的答复时起,这世上的事我都搞不懂了。我每天都在想,但还是想不明白。直到现在我还是不清楚为什么不能跟您结婚……"——她像是出于愤怒,微微泛红的脸对着我,然后她把脸转过去像是在朗诵似的说道:"……您是讨厌我吗?"

这听上去只不过是事务性讯问的口气,但这单刀直入的提问却使我的心强烈感受到一种剧烈痛心的喜悦。片刻之后,这种不可理喻的喜悦就转变成了痛苦。那其实是一种微妙的痛苦。除了本来的痛苦之外,还有因两年前"琐碎"的事情被旧事重提,以致自尊心受伤的痛苦。我想在她面前变得自由,但依然没有那个资格。

"你仍然对这个世上的东西一无所知。你的优点在于你的不谙世故。但是,这世上的事,并不是互相喜欢的人任何时候都能结婚的。正如我给你哥哥的信上写到的那样。而且……"我感觉我要说出婆婆妈妈的话,想就此打住,但是我停不下来,"……而且,我在那封信中完全没有写到不能结婚。我才二十一岁,还是个学生,结婚为时过早了。就在我磨磨蹭蹭时,你那么快就结婚了。"

"那我也没有后悔的权利。我丈夫很爱我,我也爱着我丈夫。我真的很幸福,再无其他奢望。但我有些不好的想法,我经常……怎么说才好呢,我想象着另一个我,过着另一种生活。所以我就搞不懂了。我感觉我像是要说出不该说的话,想着不该想的事情,所以我害怕得不得了。每当这种时候,我丈夫就会成为我的依靠。他把我像孩子一样疼爱。"

"虽然有点自大，但我想说，那种时候，你是在怨恨我吧，非常地怨恨。"

——园子连"怨恨"的意思都不知道。她温柔而又一本正经地耍起性子，"您爱怎么想就怎么想。"

"我们要不要再两个人单独见面？"我像是被某种东西促使着苦苦哀求道，"并不是要干什么亏心事，只要能见到你我就心满意足了。我已经没有资格说什么，我可以保持沉默。只要三十分钟就好。"

"见面您要干什么？见您一次，您会说再见一次吧。我丈夫的妈妈很啰唆，从去的地方到多长时间都会一一过问。以那般拘束的心情去见您，万一……"她吞吞吐吐，"……人心会如何变化，谁也说不清楚。"

"那，谁也说不清楚。你就爱装模作样，还是老样子。凡事就不能积极地、单纯地来看待吗？"——我撒了个弥天大谎。

"男人那样做没有关系，但是结了婚的女人可不能那样。你要是有妻子了也一定会变的。我认为无论什么样的事情都当作大事来看待也不为过。"

"简直就像大姐姐式的说教啊。"

——草野进来了，我们的话题就此中断。

在这个对话当中，我的心中有无数个疑问。想见园子的这种心情，我对天发誓绝对是真的。但显然那不包含丝毫的肉欲。想见面这一欲求是属于哪种欲求呢？这份显然缺乏肉欲的热情，难道是我在欺骗自己吗？好，就算它是真正的热情，也不过是卖弄似的拨挑几下那轻易就可以压灭的微弱的火苗而已。说到底,能有完全不基于肉欲的恋爱吗?这难道不是明明白白地有违常理吗?

但我还是想再见面。人的热情如果具有立足于所有悖论之上的力量,就不能断言说,热情没有立足于其自身悖论之上的力量。

那个决定性的一晚之后,我在生活中巧妙地避开女人。那一晚以来,别说能勾起我真正肉欲的古希腊男青年的嘴唇,就连一个女人的嘴唇都一直没有碰过,即使是在如不接吻反而失礼的场合。——比起春天,夏天的到来更加威胁我的孤独。盛夏使我的肉欲快马加鞭,燃烧、折磨着我的肉体。为了保护身体,有时一天需要进行五次恶习。

把性倒错现象解释为单纯的生物学现象的赫希菲尔德学说给了我启蒙。那决定性的一晚是理所当然的归结,并非某种应该感到羞耻的归结。在想象中对古希腊男青年的放纵欲,一次也没有针对过男色,而是固定于已被研究者证明的程度大体相同的普遍性的某种形式上。研究表明,德国人当中有不少人具有类似于我的这种冲动。普拉顿[①]的日记就是最明显的例子。温克尔曼[②]也是如此。文艺复兴时期的意大利,米开朗琪罗显

---

① 普拉顿(August von Platen, 1796—1835),德国诗人。据说他是波罗的海鲁根岛上古老贵族的后裔。作为陆军少尉参与了对法战争,之后在大学学习了欧洲和东方诸国语言,在歌德等浪漫派的影响下,以诗歌、典雅的古典诗形式宣扬浪漫主义新市民情感。同时,他还歌颂男性美,为同性恋而苦恼,晚年移居意大利,客死西西里岛。
② 温克尔曼(Johann Joachim Winckelmann, 1717—1768),德国美学家、美术史家。由于对古希腊、罗马美术的憧憬,移居意大利。对此前仅仅作为古董遗留下来的希腊美术,追溯其创作根源,探究其与各民族的风土、精神上的多种力量的相互关系,在艺术研究中导入了风格样式的问题,奠定了古典考古学、美术史学的基础。主要著作《古代美术史》。

然也具有与我同样的冲动。

但是，有了这种科学的了解，也未能使我整理好内心的生活。性倒错很难成为现实的东西，是因为在我身上仅仅只是肉欲的冲动。因为它仅仅是停留在恶作剧的叫喊和徒劳的挣扎的隐秘的冲动。从我所喜好的古希腊男青年身上，我也是仅限于被勾起肉欲。浅显的说法就是，我的灵魂依然属于园子。我并非轻信灵肉相克的中世纪风格的图式，只是为了便于说明才这么说的。我认为这两种东西的分裂是单纯而直截了当的。园子就像是我对正常状态的爱，对灵魂的爱，对永恒事物的爱的化身。

但仅凭此也还是不能解决问题，感情这东西并不喜欢固定的秩序。犹如以太中的微粒子，自由自在地跳跃，在空气中浮动、震颤。

……一年之后，我们觉醒了。我通过了官员录用考试，从大学毕业，就任某政府机关的事务官。在这一年间，我们有过几次见面的机会。有时出于偶然，有时则以不太重要的事情为借口，每隔两三个月利用白天的一两个小时，我们若无其事地见面，又若无其事地分别。仅此而已。我的行为举止光明正大，丝毫不怕被别人看到。园子也仅限于说一些回忆，以及客气地揶揄现在我们双方所处的环境。我们之间交往的程度，别说关系，也许连交际都称不上。见面的时候，我们也只是想着如何干脆地分手。

尽管这样，我依然心满意足。不仅如此，对这种能轻易断绝的交际所具有的神秘的充实感，我也怀有某种感激。我每天都想着园子，每次见面我都享受到平静的幸福。幽会时微妙的紧张感和清洁的均衡感遍布生活的各个角落。虽然极其脆弱，但却给生活带来了极为透明的秩序。

但过了一年之后，我们清醒了过来。我们已不是孩子而是大人房间里的居住者，那扇只能打开一半的门必须马上修缮。我们的关系就犹如只能开到一定程度的门，早晚都得修复。不仅如此，大人是无法忍受孩子玩的那种单调的游戏的。我们所经历的几次幽会，只不过像是刚好能重叠在一起的纸牌，每一张都是相同的大小和相同的厚度，千篇一律。

在这样的关系中，我细细地玩味着只有我才体会到的不道德的喜悦。那是比世间常有的不道德更高一级的微妙的不道德，犹如绝妙的毒品般清洁的恶毒。我的本质、我的首要意义就是不道德的。结果却是，道德的作为、问心无愧的男女交往、光明正大的行事做法，以及被看作道德情操高尚的人，这些反而具有了违背道德的隐秘的滋味、真正的恶魔般的滋味，这种滋味在向我谄媚。

我们相互伸出手支撑着某个东西，这个东西是一种类似于气体的物质，信则有不信则无。支撑这种东西的操作看上去简单，实则是经过精密计算的结果。我在这个空间里表现出人为的"正常性"，引诱园子加入需要时刻支撑着的几乎是虚构的"爱"的危险的操作中。她在毫不知情的情况下，向这个阴谋伸出了援手。正因为不知情，她的助力才是有效的。然而，随着时间的推移，园子模模糊糊地感受到这种难以名状的危险，与世上常有的粗糙的危险完全不同的，具有精确密度的危险，感受到难以从这种危险逃离的力量。

夏末的一天，我与从高原的避暑地回来的园子，在一家名叫"金鸡"的餐厅见面。一见面，我就把我从政府机关辞职的事告诉她。

"今后您打算干什么？"

"顺其自然。"

"真是令我感到吃惊。"

她没有再进一步询问，我们之间形成了这种相处方式。高原上的日照，使园子胸部的肌肤失去了耀眼的白皙。戒指上的巨大的珍珠，由于炎热显得暗淡无光。她高高的嗓音本身所具有的混合着哀伤和疲惫的音乐感，与这个季节极为相称。

我们又短暂地持续着没有意义的、来回兜圈子的、不认真的对话。也许是因为炎热，能感觉到当时的对话是徒劳无益的，感觉上就像是在听别人的对话。这种心情就像从睡梦中醒来时，因不想从美梦中醒来，想要继续入睡而焦急地努力，这种努力反而使人无法重新回到梦中。这种扫兴闯入的觉醒的不安，醒来时梦境虚幻的愉悦，这些就像是某种恶性的病菌，腐蚀着我们内心，对此我已有所察觉。病就像串通好了似的，几乎同时闯入我们的内心。它反作用似的使我们活跃起来。我们你一句我一句地相互开起了玩笑。

园子优雅高耸的发髻之下，晒黑了的皮肤虽然些许破坏了她的静谧，但她天真的眉毛、温润的眼眸，以及看上去心事重重的嘴唇，依然跟往常一样满脸娴静。餐厅的一个女客人经过我们餐桌旁时留意着她。侍者捧着一个银盘子走来走去，盘子上冰制的天鹅背上盛着冰制点心。只见她用戴着闪闪发光的戒指的手指，弄得塑料手提包的金属扣隐隐作响。

"已经觉得厌倦了吗？"

"您说这种话真是讨厌。"

从她的声音中听出了某种不可思议的倦怠感，若说是"光

洁可爱的"也不会有太大差错。她将视线移到了窗外夏季的街道上,慢悠悠地说道:

"我经常会弄不清楚,这样跟您见面是为了什么?尽管如此,还是会再跟您见面。"

"大概是因为至少并非是没有意义的负数。尽管这无疑是没有意义的正数。"

"我是有丈夫的。即便是没有意义的正数,也没有多少正数的余地。"

"真是恼人的数学啊。"

——我领悟到园子终究来到了疑惑的门口。她开始感觉到不能再继续保持门半开的状态。也许如今这种一丝不苟的敏感,时常占据了我和园子之间共鸣的一大部分。我还远远没有达到能使一切保持原状的年龄。

尽管如此,我难以名状的不安在不知不觉中传染了园子,而且或许只有这种不安的迹象,才是我们之间唯一的共有物,这一事态的明证突然摆在了我的眼前。园子继续说道。我不想听,但我的嘴巴却作出了轻佻的应答。

"您想过这样下去会怎么样吗?您没想过会陷入进退两难的境地吗?"

"我很尊重你,我认为我对任何人都问心无愧。朋友之间为什么不能见面?"

"到目前为止都是那样的。正如您所说的那样。我认为您是个正人君子,但今后的事我就不清楚了。虽然没有做过一件羞耻的事情,但我总是做噩梦。我总觉得老天爷会惩罚我未来的罪过。"

"未来"这个词铿锵有力的声响令我战栗。

"这样下去的话，总有一天我们相互间都会变得痛苦的。等到痛苦的时候就为时已晚了，不是吗？我们所做的事情就像是在玩火，不是吗？"

"你认为所谓的玩火是做什么样的事情？"

"那就有很多了。"

"这样就能算是玩火吗？玩水还差不多。"

她没有笑。在说话的间隙，嘴唇时常紧绷到变形。

"我最近开始觉得自己是个可怕的女人。我只觉得自己是个精神上污秽不堪的坏女人。我做梦也不能够想着丈夫之外的其他人。我已经下决心这个秋天接受洗礼。"

我从园子半是自我陶醉地说出的这番懒洋洋的告白中，反而追寻到了她的女人心的反论，揣度出她想要说出不该说的话的那种下意识的欲求。对此，我没有权利高兴也没有资格悲伤。原本就对她的丈夫未感到丝毫嫉妒的我，怎能行使、否定、肯定这个资格和权利呢？我沉默了。盛夏时节，看着自己白皙瘦弱的手，使我感到绝望。

"那现在呢？"

"现在？"

她垂下了眼睛。

"现在你在想着谁？"

"……我的丈夫。"

"那就没有必要受洗了。"

"有必要啊……我很害怕。我感觉我产生了极大的动摇。"

"那么现在怎么想？"

"现在？"

仿佛并非对着谁提问似的，园子抬起了认真的视线。她那美丽的眼眸是罕见的，如泉水一般，始终歌唱着感情流露的、深邃的、一眨不眨的、命中注定的眼眸。每当面对这双眼眸，我总是说不出话来。我将吸完的香烟猛地摁到远处的烟灰缸里。纤细的花瓶翻倒了，桌子被水浸湿了。

侍者过来处理桌上的水。看着被水弄皱的桌布被来回擦拭，我们生出了一种凄惨的心情，这给了我们提早离开这家店的机会。夏天的街道焦躁混乱，健康的恋人们露着胳膊、昂首挺胸地从我们面前经过。我感受到了来自一切事物的侮辱，侮辱就像夏天猛烈的阳光灼烧着我。

再过三十分钟，我们分别的时刻就要来临。虽然很难说那是因为离别的痛苦，但一种貌似热情的阴郁的神经焦躁，使我想要用油画工具给那三十分钟涂上浓厚的颜料。扩音器将节奏疯狂的伦巴撒向街道，我在舞厅前停下了脚步。因为我突然回忆起了以前读过的某句诗。

……然而，尽管如此
那是一支永不完结的舞蹈。

其余的都忘了。这应该是安德烈·萨尔蒙[①]的诗句。园子点了点头，为了跳三十分钟的舞，园子跟着我走进了她极少出入的舞厅。

舞厅的常客们随心所欲地将公司的午休时间延长了一两个小时继续跳着舞，舞厅里一片混乱。闷热冲到了脸上。本来就

[①] 安德烈·萨尔蒙（1881—1969），法国诗人、美术评论家。与纪尧姆·阿波利奈尔、巴勃罗·毕加索一同参加了立体主义运动。用叙事诗的形式描写了第一次世界大战时期的不安。除了诗集《信用书》《元音发音训练》等之外，还创作了小说、诗歌评论、回忆录等。

不完备的换气装置，再加上为了遮挡外部光线的厚重窗帘，场内停滞的令人窒息的暑热里，浮动着灯光下映照出的如雾气般浑浊的尘埃。散发着汗味和廉价香水、廉价发蜡的气味，若无其事地跳着舞的客人类型不用说也知道。我后悔将园子带到这里来。

但我现在不能往回走。我们无精打采地挤进了跳舞的人群中。稀稀拉拉摆放在各处的风扇，也送不出像样的风。舞女和穿夏威夷衫的年轻人们大汗淋漓地贴着额头一起跳舞。舞女的鼻翼两侧乌黑，脸上涂的白粉因为汗水变成颗粒状像长了疖子似的。礼服的背后，比刚才的桌布更脏更湿。还没怎么跳，汗水就流到了胸前，园子呼吸困难似的短促地喘息着。

为了呼吸室外空气，我们穿过假花缠绕的拱门，来到中庭，坐在简陋的椅子上休息。这里虽有室外空气，但混凝土地面的反射，给阳光下的椅子投去了强烈的热感。甜滋滋的可口可乐粘在嘴上。我能感觉到，我从一切事物中所感受到的侮辱的痛苦同样使园子沉默无语。我难以忍受这段沉默的时间，将视线转移到了我们的周围。

一个胖胖的姑娘用手绢在胸前扇着风，懒洋洋地靠在墙上。摇滚乐队演奏着压倒一切的快速舞曲。中庭大花盆里的冷杉，在裂开的土里东倒西歪。遮阳帘下的椅子上坐满了人，但向阳的椅子上却少有人坐。

只有一群人坐在了向阳的椅子上，旁若无人地谈笑着。那是两个姑娘和两个青年。其中一个姑娘装模作样地用不熟练的手势把香烟贴在嘴上，每次都发出小声的咳嗽。两人都穿着像是用浴衣改做的奇怪的连衣裙，露出胳膊。像是渔民家的女儿般晒红的胳膊上，随处可见被虫子叮咬的痕迹。她们听着青年们下流的玩笑，面面相觑，还装模作样地笑个不停。完全不在意照射到头发上的强烈的夏日阳光。其中一个青年长着一张略显苍白且阴险的脸，身穿夏威夷衫，他的胳膊很结实强壮，嘴角上粗鄙的笑容时隐时现。他用手指戳姑娘的胸部逗她们发笑。

剩下的一个人吸引着我的视线。他是个二十二三岁，外形粗野、皮肤略微发黑、相貌端正的青年。他赤裸着上身，把汗湿了的浅灰色的漂布腹带解下重新缠上。他与伙伴们谈笑，同时又像故意似的，慢悠悠地缠着腹带。裸露的胸部隆起结实紧绷的肌肉，深陷的肌肉线条从胸脯中央延到腹部。粗绳扣似的肌肉从侧腹的左右两边卷曲盘绕。他那光滑而充满热量的身体，被有点脏的漂布腹带紧紧地勒缠着，半裸的黝黑肩膀像涂了油似的发亮。腋窝凹陷处露出的黑色草丛卷曲着，在阳光下金光闪闪。

当我看到这些时，尤其是看到他紧绷胳膊上的牡丹刺青时，我感到欲火焚身。我热烈地注视着这个粗鄙野蛮的，同时又美得无与伦比的肉体。他在阳光下笑着，身体向后仰的时候，我看到了他高高隆起的喉结。一种异样的悸动在我心底涌动。我的目光已经没法从他身上移开了。

我忘记了园子的存在。我只想着一件事情：他半裸着身体走在盛夏的大街上，与地痞们打斗；锋利的匕首穿过腹带刺入他的身体；那污秽的腹带被鲜血染上美丽的色彩；他浑身是血的尸体被放在门板上又被抬进这里来。……

"还有五分钟。"

园子高亢哀切的声音贯入我的耳朵。我不可思议地看着园子。这一瞬间，我的内心被某种残酷的力量一分为二，犹如天雷将树木一劈为二似的。我听到了到目前为止，我处心积虑堆砌起来的建筑物崩塌时凄惨的声音。我仿佛看到了，我的存在被一种可怕的"无我"所替代的瞬间。我闭上眼睛，顷刻间，我紧紧揪住了像要冻结的义务观念。

"只有五分钟了。带你来这种地方真是不好意思。你没生气吧？像你这样的人不应该看到那群下流人的下流行为。听说这个舞厅出了问题，即便老板多次拒绝，但那帮家伙还是不给钱来这里跳舞。"

但只有我看着那些人，她并没有看。她所受的教育是非礼勿视。她只是似看非看地盯着汗流浃背地排队观看舞蹈的人群后背。

虽说如此，但这个场合里的空气，似乎在不知不觉中在园子的心中发生了某种化学变化，过了一会儿，她拘谨的嘴角浮现出了微笑的征兆，像是开口前预先用微笑试探的样子。

"我想问您一个奇怪的问题，您应该已经那个了吧，已经知道那事儿了吧？"

我使出了全身力量。内心像是上了发条，我刻不容缓地做出了一本正经的回答。

"嗯……我知道。很遗憾。"

"什么时候？"

"去年春天。"

"跟哪一位？"

——这个优雅的问题令我愕然。她只是把她知道名字的女人跟我联系在一起。

"不能说出名字。"

"是哪一位？"

"别问了。"

似乎是听出了我的语调中赤裸裸的哀求，她霎时震惊地沉默了。我用尽了一切努力，为了不被她察觉到我的脸上正失去血色。我们等待着分别的时刻，卑俗的布鲁士舞曲胡乱纠缠着时间。我们在扬声器里传出的伤感的歌声中一动不动。

我和园子几乎同时看了看手表。

——时间到了。我站起来时，再一次偷偷看了一眼向阳的椅子。那几个人好像去跳舞了，火辣辣的阳光下只剩下空荡荡的椅子，洒落在桌上的某种饮料反射出强烈的光。

一九四九年四月二十七日

年表

大正四十年（1925年）一月十四日，出生于东京市四谷区永住町二番地（现在的新宿区四谷四丁目），是父亲平冈梓、母亲倭文重的长子。本名平冈公威。父亲是农林省官员，幼年时起受到祖母夏子的溺爱抚养，身体羸弱。

昭和六年（1931年）六岁 四月，学习院初等科入学。从这一时期起开始对诗歌、俳句感兴趣，喜欢阅读铃木三重吉、小川未明等的童话。

昭和十二年（1937年）十二岁 四月，升入学习院中等科。加入文艺部。

昭和十三年（1938年）十三岁　三月，在《辅仁会杂志》上发表处女作短篇小说《座禅物语》《酸模》。

昭和十五年（1940年）十五岁　从二月开始，以平冈青城为笔名，每个月向《山栀》投稿俳句、诗歌。诗作师从于川路柳虹，之后整理为《十五岁诗集》。

昭和十六年（1941年）十六岁　从九月开始，在国文学教师清水文雄的推荐下，在国文学杂志《文艺文化》（十二月连载完结）上连载《鲜花盛开的森林》。此时开始使用的三岛由纪夫这一笔名，是由清水文雄命名的。

昭和十七年（1942年）十七岁　三月，以学习院中等科第二名毕业，升入高等科文科乙类（德语），成为文艺部成员，之后担任委员长。这一时期，在与《文艺文化》同好的交流中，间接地受到浪漫派影响。七月，同人志《赤绘》创刊，发表《苧菟与玛耶》。在《文艺文化》上刊载处女作评论《古今的季节》。

昭和十九年（1944年）十九岁　九月，以学习院高等科第一名毕业，获得天皇陛下赐予的银手表。十月，东京大学法学系入学。处女作短篇小说集《鲜花盛开的森林》由七丈书院出版。

　　八月，《夜车》（文艺文化，之后更名为《中世纪一个杀人惯犯留下的哲学日记拔萃》）

昭和二十年（1945年）二十岁　二月，第二乙种兵役合格，应召入伍体检时，由于军医误诊即日返乡。六月，在《文艺》上发表《也速该的狩猎》，第一次获得稿费。八月，在参加义务劳动的地方创作短篇小说《岬角物语》时迎来停战。

昭和二十一年（1946年）二十一岁　六月，在川端康成的推荐下，在《人间》上发表短篇小说《烟草》，正式步入文坛。在这一年遇到了太宰治。

昭和二十二年（1947年）二十二岁　十一月，从东京大学法学系毕业。十二月，高等文官考试合格，就职于大藏省银行局。

　　四月，《轻王子和衣通姬》（《群像》）

　　八月，《夜的装扮》（《人间》）

　　十二月，《春子》（同附刊）

　　《岬角物语》短篇小说集（十一月，樱井书店出版）

昭和二十三年（1948年）二十三岁　七月，加入《近代文学》同好。九月，为专心于创作，从大藏省辞职。十一月，在《人间》上发表处女作剧作《火宅》。十二月，参与杂志《序曲》创刊，发表《狮子》。

　　一月，《马戏团》（《进路》）

　　四月，《殉教》（《丹顶》）

　　《盗贼》（十一月，真光社出版，在各杂志分期刊载发表长篇小说）

　　《夜的装扮》短篇小说集（十二月，镰仓文库出版）

昭和二十四年（1949年）二十四岁　七月，第一部新作长篇小说

《假面自白》由河出书房出版。

一月,《毒药的社会功效》(《风雪》)

《宝石买卖》短篇小说集(二月,讲谈社出版)

《群魔的经过》作品集(八月,河出书房出版)

昭和二十五年(1950年)二十五岁 八月,移居目黑区绿之丘。

七月,《蓝色时代》(《新潮》,十二月连载完结)

八月,《远乘会》(《文艺春秋》附刊)

十月,剧作《邯郸》(《人间》)

《灯台》作品集(五月,作品社出版)

《爱的饥渴》新作长篇小说(六月,新潮社出版)

《怪物》作品集(六月,改造社出版)

《蓝色时代》(十二月,新潮社出版)

《纯白之夜》(十二月,中央公论社出版)

昭和二十六年(1951年)二十六岁 六月,第一部评论集《狩猎和猎物》由要书房出版。十二月,出发前往北美、南美、欧洲旅行,昭和二十七年五月回国。

一月,剧作《绫鼓》(《中央公论》) 《禁色》(《群像》,第一部连载于十月完结)

五月,《翅膀》(《文学界》)

十二月,《离宫的松树》(《文艺春秋》附刊)

《远乘会》作品集(七月,新潮社出版)

《禁色 第一部》(十一月,新潮社出版)

《夏子的冒险》(十二月,朝日新闻社出版)

昭和二十七年（1952年）二十七岁 这一年年末，加入由吉田健一、大冈升平、福田恒存组成的《钵木会》。

一月，剧作《卒塔婆小町》（《群像》） 《猜字谜》（《文艺春秋》）

八月，《禁色》第二部

《秘乐》（《文学界》，昭和二十八年八月连载完结）

十月，《仲夏之死》（《新潮》）

《阿波罗之杯》纪行文集（十月，朝日新闻社出版）

昭和二十八年（1953年）二十八岁 七月，《三岛由纪夫作品集》（全六卷）开始由新潮社出版。

五月，《卵》（《群像》）

六月，《急刹车》（《中央公论》）

九月，《花火》（《改造》）

《仲夏之死》作品集（二月，创元社出版）

《夜的向日葵》剧作（六月，讲谈社出版）

《秘乐》（九月，新潮社出版）

昭和二十九年（1954年）二十九岁 六月，新作长篇小说《潮骚》由新潮社出版。十一月，成为新潮同人志奖的评委。十二月，《潮骚》获得首届新潮社文学奖。

一月，剧作《葵上》（《新潮》） 八月，《写诗少年》（《文学界》）

《上锁的房间》短篇小说集（十月，新潮社出版）

《青年的苏醒》剧作（十一月，新潮社出版）

昭和三十年（1955年）三十岁　九月开始健美运动。十二月，《白蚁的巢》（九月，《文艺》发表）获得第二届岸田戏剧奖。

一月，《大海和晚霞》（《群像》）剧作《班女》（《新潮》）

《沉潜的瀑布》（中央公论，四月连载完结）

三月，《报纸》（《文艺》）

七月，《牡丹》（《文艺》）

《沉潜的瀑布》（四月，中央公论社出版）

《女神》（六月，文艺春秋新社出版）

《拉迪盖之死》作品集（七月，新潮社出版）

《小说家的休假》新作评论（十一月，讲谈社出版）

昭和三十一年（1956年）三十一岁　一月，《金阁寺》在《新潮》（十月连载完结）连载。八月，《潮骚》英译本由纽约knopf社出版。这是首个在海外出版的作品，之后有多个作品在各国翻译出版。十一月，成为《中央公论》新人奖评委。

一月，《永远的春天》（《妇女俱乐部》，十二月连载完结）

十二月，《走尽的桥》（《文艺春秋》）

《白蚁的巢》剧作集（一月，新潮社出版）

《近代能乐集》剧作集（四月，新潮社出版）

《写诗少年》作品集（六月，角川书店出版）

《乌龟能追上兔子吗》评论集（十月，村山书店出版）

《金阁寺》（十月，新潮社出版）

《永远的春天》（十二月，讲谈社出版）

昭和三十二年（1957年）三十二岁　一月，《金阁寺》获得第八届读卖文学奖。十一月，《三岛由纪夫选集》（全十九卷）开始由新潮社出版。

一月，《女方》（《世界》）剧作《道成寺》（《新潮》）

四月，《美德的徘徊》（《群像》，六月连载完结）

八月，《贵显》（《中央公论》）

《鹿鸣馆》剧作（三月，东京创元社出版）

《美德的徘徊》（六月，讲谈社出版）

《现代小说是古典的吗》评论集（九月，新潮社出版）

昭和三十三年（1958年）三十三岁　从三月到十月左右练习拳击。六月，川端康成给做的媒，与画家衫山宁的长女瑶子结婚。十月，与大冈升平、中村光夫、福田恒存共同创刊《声》，发表《镜子之家》第一章、第二章。

《走尽的桥》短篇小说集（一月，文艺春秋新社出版）

《旅行绘本》纪行文集（五月，讲谈社出版）

《蔷薇和海盗》剧作（五月，新潮社出版）

昭和三十四年（1959年）三十四岁　一月，开始练习剑道。五月，迁居位于大田区马入的新居。

六月，长女纪子出生。

四月，剧作《熊野》（《声》）

《不道德教育讲座》随笔（三月，中央公论社出版）

《文章读本》评论（六月，中央公论社出版）

《镜子之家》第一部、第二部（九月，新潮社出版）

《裸体和衣裳》随笔集（十一月，新潮社出版）

昭和三十五年（1960年）三十五岁　三月，作为演员出演电影《风野郎》，主题曲是由三岛由纪夫作诗，深泽七郎作曲，并由他自己演唱。

一月，《宴后》（《中央公论》，十月连载完结）

七月，剧作《弱法师》（《声》）

九月，《百万元煎饼》（《新潮》）

十一月，《星辰》（《群像》）

《宴后》（十一月，新潮社出版）

昭和三十六年（1961年）三十六岁　三月，《宴后》被前外交官有田八郎以侵犯隐私为由起诉。四月，达到剑道初段。

一月，《忧国》（《小说中央公论》）

六月，《兽之戏》（《周刊新潮》，九月连载完结）

十二月，剧作《十日菊》（《文学界》）　剧作《黑蜥蜴》（《妇女画报》）

《星辰》短篇小说集（一月，新潮社出版）

《兽之戏》（九月，新潮社出版）

《美的袭击》评论集（十一月，讲谈社出版）

昭和三十七年（1962年）三十七岁　二月，《十日菊》获得第十三届读卖文学奖。五月，长子威一郎出生。

一月，《美丽的星》（《新潮》，十一月连载完结）

八月，《月》（《世界》）

《美丽的星》（十月，新潮社出版）

昭和三十八年（1963年）三十八岁　三月，自己作为模特拍摄的细江英公写真集《蔷薇刑》由集英社出版。十一月，为文学座（日本的剧团）而创作的剧作《欢琴》取消演出。在《朝日新闻》上发表《给文学座诸君的公开信》，退出文学座。

一月，《葡萄面包》（《世界》）

八月，《雨中的喷水》（《新潮》）

《林房雄论》评论（八月，新潮社出版）

《午后曳航》新作长篇小说（九月，讲谈社出版）

《剑》短篇小说集（十二月，讲谈社出版）

昭和三十九年（1964年）三十九岁　一月，《绢与明察》在《群像》（十月连载完结）上发表。这部作品于十一月获得第六届每日艺术奖。九月，对于诉讼中的《宴后》，东京地方法院认可原告的申诉，判决作者和新潮社给予经济赔偿。被告向东京高等法院上诉。（原告死后，达成和解）

一月，《音乐》（《妇女公论》，十二月连载完结）

《欢琴 附·美浓子》剧作集（二月，新潮社出版）

《我的遍历时代》评论集（四月，讲谈社出版）

《绢与明察》（十月，讲谈社出版）

昭和四十年（1965年）四十岁　四月，制作由自己创作并出演的电影《忧国》。九月，《春雪》（《丰饶之海》第一部）开始在《新潮》（昭和四十二年一月连载完结）上连载。

167

一月，《三熊野诣》（《新潮》）二月，《孔雀》（《文学界》）

十一月，评论《太阳与铁》（《批评》，昭和四十三年六月连载完结）

《音乐》（二月，中央公论社出版）

《三熊野诣》短篇小说集（七月，新潮社出版）

《目——一些艺术随笔》评论（八月，集英社出版）

《萨德侯爵夫人》剧作（十一月，河出书房新社出版）

昭和四十一年（1966年）四十一岁　一月，《萨德侯爵夫人》获得第二十届艺术节奖剧作奖。成为芥川奖评委。

一月，《伙伴》（《文艺》）

六月，《英灵之声》（同）

电影版《忧国》（四月，新潮社出版）

《英灵之声》作品集（六月，河出书房新社出版）

《对话·日本人论》（十月，番町书房出版）

昭和四十二年（1967年）四十二岁　四月，自卫队体验入队。

七月，开始练习空手道。

二月，《奔马》（《丰饶之海》第二部，《新潮》，昭和四十三年八月连载完结）

《来自荒野》作品集（三月，中央公论社出版）

《朱雀家的灭亡》剧作（十月，河出书房新社出版）

昭和四十三年（1968年）四十三岁　七月，与之后的盾会成员一道参加自卫队体验入队。之后每年三月和八月带领会员参加自卫队体验入队。八月，晋升剑道五段。九月，正式成立《盾会》。

五月，评论《小说是什么》（《波》，昭和四十五年十一月连载完结）

九月《晓寺》（《丰饶之海》第三部，《新潮》，昭和四十五年四月连载完结）

《太阳与铁》评论（十月，讲谈社出版）

《我的朋友希特勒》剧作（十二月，新潮社出版）

昭和四十四年（1969年）四十四岁 六月，出演电影《人斩》。十一月，在国立剧场屋顶平台进行《盾会》成立一周年纪念游行。

《春雪二》（一月，新潮社出版）

《奔马》（二月，新潮社出版）

《文化防卫论》评论集（四月，新潮社出版）

《癫王的阳台》剧作（六月，中央公论社出版）

《椿说弓张月》剧作（十一月，中央公论社出版）

昭和四十五年（1970年）四十五岁 七月，《天人五衰》（《丰饶之海》第四部）在《新潮》（昭和四十六年一月连载完结）连载。十一月二十五日，将《天人五衰》的最终的连载稿件交给新潮社。凌晨零点十五分，在自卫队世谷驻地、东部方面总监室自杀。

九月，《革命哲学的阳明学》（《诸君！》）

《晓寺》（七月，新潮社出版）

《行动学入门》评论集（十月，文艺春秋出版）

《作家论》评论集（十月，中央公论社出版）

昭和四十六年（1971年）
《天人五衰》（二月，新潮社出版）

昭和四十八年（1973年）四月，《三岛由纪夫全集》（全三十五卷，补卷一）由新潮社开始发行。

图书在版编目（CIP）数据

假面自白/(日)三岛由纪夫著；林燕燕译.
— 武汉:长江出版社, 2022.1
ISBN 978-7-5492-8035-3

Ⅰ.①假… Ⅱ.①三…②林… Ⅲ.①长篇小说—日本—现代 Ⅳ.①I313.45

中国版本图书馆CIP数据核字(2021)第212151号

假面自白/(日)三岛由纪夫 著　林燕燕 译

出　　版	长江出版社
	（武汉市解放大道1863号）
市场发行	长江出版社发行部
网　　址	http://www.cjpress.com.cn
策划编辑	钱　丽
责任编辑	李　恒
封面设计	刘　军
版式设计	段文婷
印　　刷	北京中科印刷有限公司
版　　次	2022年1月第1版
印　　次	2022年1月第1次印刷
开　　本	880mm×1230mm 1/32
印　　张	5.5
字　　数	140千字
书　　号	ISBN 978-7-5492-8035-3
定　　价	48.00元

版权所有 盗版必究（举报电话：027-82926804）
（如发现印装质量问题，请寄本社调换，电话027-82926804）